SV

Band 1039 der Bibliothek Suhrkamp

Volker Braun
Der Stoff zum Leben 1-3

Gedichte
Mit einem Nachwort
von Hans Mayer

Suhrkamp Verlag

Erste Auflage 1990

Druck: Nomos Verlagsgesellschaft, Baden-Baden
Printed in Germany

Der Stoff zum Leben 1

I sat upon the shore
Fishing, with the arid plain behind me
Shall I at least set my lands in order?
Eliot, The Waste Land V, 423-425

MATERIAL I: WIE HERRLICH LEUCHTET MIR DIE NATUR

Woher soll ich es nehmen
Wonach ich verlange
aus diesem Sommer?
Aus der Luft
Die weich die Abende füllt, den Gerüchen?
Wonach meine Lungen röcheln, meine inwendige Haut
Zittert und sich winden meine Gedärme
Aus den Rippen schneiden? aus den Morgenröten?
Dem Stoff woraus die Träume gemacht sind?
Wie wächst mir das
(ein wüster Garten hier
der auf in Samen schießt)
Wonach die Dichter schrein in ihren Tiraden?
Und wie die Risse stopfen, die Niedertracht
Die mich bedecken? woher
Die Nachricht, die in meine Zellen dringt
Aus den Wiesen? aus den Gewittern?
Wie herrlich leuchtet
Mir die Natur
Wie glänzt

Die Sonne in den städtischen Bächen voll toten
Geländern und der Asphalt sag ich dir! zerfließt
In der City hinter den Herden vor den Unter-
Führungen über den Goetheplatz unter den S-Bahn-Brücken
Über den Sommer: sie taumeln wie angeschlagene Boxer
Mit triefenden Schulterblättern und umarmen
Den kühlen Beton in den Pißhallen: o Mangel an
Blutlosen kalten Lebewesen mit denen man ficken

Könnte ohne zu lächeln zu denken oder auch nur
Gedankenlos zu reden aber so! die Fahrkarten in die
Stanzen zu stoßen und historische Kirchen ein- und auf-
Zunehmen zu trinken in dünnen Gebüschen und schnaufend
Sage ich in Schächten verstehst du in Rolltreppen
Voll Hunden und zerfließenden Jungfrauen die sich selber
Aufbohren mit ihren entschlossenen Schlüsseln und wie gesagt
Im Asphalt zu versacken verbissen in den Prospekt
Des Sommers sich wütend des Lebens zu freun!

Wie rette ich mich
Vor diesem brausenden Nichts, das aus den Wiesen steigt
Diesem überdrüssigen Licht, diesem Sommer?
Woher nehmen
                    und nicht stehlen
Was mich leben läßt
Ich weiß nicht wovon ich rede
                                        Geh aus
Ja wohin?   *Geh aus mein Herz*
In welche grünliche Schwemme   *Und suche Freud*
                                        In dieser schönen Sommerszeit
                                        In deines Gottes Garten
Lalala
        und *wie herrlich leuchtet mir* überhaupt
Und so weiter

                    Als Kind fraß ich nachts
Auf dem Klo Zeitungspapier, aber noch schlimmer
Später las ich die Zeitungen und empfand die gleiche
Papierne Wollust; der Jüngling und seine Mutter
Auf der Parkbank, sie lächelt, er liest, sie sieht in die Bäume
Auf der Museumsinsel, er frißt die Seiten, sie lächelt
Ihm ins Gesicht, er weiß es, er blickt nicht auf

Aus den Leitartikeln und rostigen Rezensionen
Die Glocken donnern im Dom ihr Grabgeläut
Und wahrlich ich sage euch, *wie herrlich leuchtet*
Mir die Natur, dic Intensivierung, das Hauptkettenglied
Vor dem Museum (oder ist es ein Bild darin?)
Sie lebt die köstlichen letzten Stunden, sie lächelt, er liest.

Oder am Meer für harte Währung sie lagen
Auf den Klippen (inclusive)
                                        woher
Aus dem Wasser? dem Salz? woher nehme ich es
Oder mich, wenn ich nicht bei mir bin
Was fällt mir ein
Mir zu Gefallen und euch, was haben wir denn
Miteinander? Was weiß ich
                                        unter den Dattelpalmen
Im volkseignen first-class-Hotel, der dicke Engländer
Wie eine Meduse im grünen Wasser reglos
Die Arme erhoben schreit *help!* die Fluten
Heben ihn auf und ab, man liegt auf der Luft-
Matratze taub und starrt auf den alten
Blödling, er saß mit nacktem Nischel unter
Der exklusiven Sonne, er gurgelt *help help!*
Mit vollen Mägen auf den bezahlten Pritschen, er taucht
Unter im Sud, ein Schauspiel, es klingt wie *help help!*
Man könnte man muß man spricht andere Sprachen
Man kennt sich nicht, man muß die Ausrüstung schonen
Das neuaufgetragene Öl, er ist weiß und dick
Er sinkt gar nicht weg obwohl er röchelt, die Adria
Hat große Wogen, zwei Meter (es gibt auch Haie)
Er klatscht an die Klippen lautlos im Sommer das Meer
Help help help help help

Früh um fünf im *Train Bleu*
Zwischen den schwarzen leeren europäischen Hügeln
Der Mann und die Frau, seine Hand an ihrem Leib.
Die Dämmerung rollt in die nassen Wiesen
Ihre Körper gleiten auf den Schienen nebeneinander
Und berühren sich auf dem Schotter rasche Masten
Plastikmüll quietschende Bremsen (was brauche ich
An Stoff für dies *berührende* Gedicht?)
Fahl ein Streif fließt in ihren Augen und wächst
Nach oben, sie wirft sich zurück
Ins Polster gepreßt, seine Hand noch immer
Oder ein Bach aus der Landschaft springt über Geröll
Und hartes Gras, Äcker mit matten
Angepflanzten Farben in rotierenden Mischern.
Langsam füllt sich das mit fließenden harten
Gärten aus Teer, die auf der Haut zergehn
Zu einem gelben knirschenden Morgen, der sich vergißt
Mit zuen Augen, die *schöne Bourgogne*:
Durch die Scheiben fällt Wasser durchsichtig grau
Mit Muscheln und Kies, ein sinnliches Meer
Von Dächern und Fensterflügeln, in die Sonne bricht
Unvermutet. Die Bäume und Stangen
Greifen in ihre Brüste in ihren Schoß
Während Frankreich verschwimmt, oder wie hieß das Land?
Felder von durchdringendem Licht und sieben Himmel
Vor den Augen nichts, aber das alles in ihr
Rast durch sie, sie krümmt sich, sie schluchzt
Sie öffnet die Augen um acht auf die fremde
Stadt: unter den Gleisen rasselnd. Was hat sie gesehn

Von der Landschaft? nichts (aber was sah sie denn?
Was ist ein Gedicht: auf dem weißen internationalen
Papier, ein Stoff
Zum Leben?) sie lächelt hinaus
Sie wischt sich ab mit dem Taschentuch, sie kommen an
Von keinem erwartet um acht an der Gare du Lyon.

:das ist geschenkt
                    und wir kommen zur Sache
Auf der Parkbank, oder noch besser
Bleiben wir   auf dem Teppich

In den engen Wänden, der billige Schlager
Aus dem Luftschacht *Ich lauf vom Nordpol*
                         Zum Südpol zu Fuß
Was fühlst du
                in der Umarmung?

Die nackten Tatsachen *Für einen Kuß*
In der »Stunde der Politik« (»des Werkleiters«, »der Klassik«)
Die Intensivschicht
                      in der Mundhöhle, die Stellungnahme
(Du bist blaß, Luise?
Es ist nichts. Du bist ja da. Es ist vorüber.)

Mit der Zunge
                 das Geschlecht streicheln, die Berichte
Das Kollektiv
                 eine bleibende Empfindung
»Du bist nicht bei der Sache.« – »Wo du dauernd quatschst.«

(Willst du mir ein Glas Limonade zurechtmachen.)

EVP –,53, Flaschenpfand, Plandiskussion
Im offenen Fenster die Abgase, die *brennenden Fragen*
in deinen Augen, und die Fernsehscheiße!

»Mußtn immer was aussetzen.« – »Hatn angefang!«
»Ich habs satt wenns kein Spaß macht.« – »Denkst wohl mir.«
»Wenn du mir nie zuhörst.« – »Immer dein Mist!«
»Du liebst mich nicht.«
es folgen die Spätnachrichten.

(Die Limonade ist matt wie deine Seele – Versuche!
Wendet sich, sobald sie das Glas an den Mund setzt, mit einer plötzlichen Erblassung weg und eilt nach dem hintersten Winkel des Zimmers.)

»Dann gehch ebn fremd.« – »Ich halt dich nicht!«

(Die Limonade ist gut.)
Die Worte Schwanz, Brust etc.
Überhaupt Worte (Reizwörter, Sprach-
Regelungen, Memoranden zwischen den Zeilen
Zu entziffern) haben mehr Wirkung
Als die Dinge
warum? weil sie verdecken
Verallgemeinern, vervielfältigen
weil sie verdecken was fehlt

Was fühlst du? So vieles geschieht
zu zweit
Ist die Welt am deutlichsten, unausweichlich
(Wenn du weißt was ich meine.) (So meine ich es doch nicht.)

(Ohne sich umzukehren, von Schauer geschüttelt:
Wohl bekomms!)

Einen Schlußstrich ziehn
Unter die Fragen in deinen Augen
Ruhen

auf der Datenbank, in der Staatsreserve

Ruhen, sage ich
im Straßenlärm, in der Meinungsforschung
Im Suppengrün

einen Schlußstrich ziehn!

Unter eine bleibende Empfindung

Schluß! sage ich, um bei der Sache zu bleiben
In diesem Gedicht im kühlen Abend
ruhen, auf den Rückenwirbeln
Auf dem Bett, in der Mundhöhle

In den Möglichkeiten
im offenen Fenster

So vieles geschieht!
Schluß!
und das *Einundalles*
Ist nichts ohne das andere
Kannst du nicht schweigen?
das fehlt, das Ganze
Das zwischen uns liegt (was fühlst du jetzt?

Ich kann es nicht sagen.)

das Gerücht der Gedichte

Im offenen Fenster
rußig, undeutlich
Erheben sich die Fragen
In Zeitungspapier gewickelt, namenlos
Ist das die Möglichkeit?

die *brennenden Fragen*
Unsrer Bewegung
auf dem Bett, auf dem Materialsektor
Undeutlich, unglänzend durch Anwesenheit
In deinen Augen in den Worten
die ich darüber verliere.

MATERIAL III: DIE GUMMIKNETERANLAGE

Abgesehn davon, daß er was anderes lieber täte
Z. B. im Flußsand liegen mit auseinandergefalteten Beinen
Im letzten Jahrhundert, das die Bäche noch nicht
Zumauern muß, abgesehn davon

Na klar, will er sich liebend gern
Zur Verfügung stellen, mal ausgeklammert seine
Zerknautschten Knochen, die Lungen, sein Gefühl
Will er hier bleiben im heißen staubigen Dunst

Und abgesehn davon, daß gesagt wird, daß das ganz anders wird
Und von der grauschwarzen Dreckschicht auf der Maschine
Von den verbrannten Pfoten (100 Grad), aber was rede ich
Ihr seht ihn in den Walzensaal tappen pünktlich wie ein Gespenst:

Also würde ihm etwas fehlen, ganz abgesehn
Vom Zaster, von der Gewohnheit, von dem Geflachse
In der Blauen Tür, na und? und von den Weibern
Die auf den Gummiplatten lehnen mit vorgereckten Knien

Ganz abgesehn davon! und daß das sein Werk ist, und ungeachtet
Er es aus Bewußtsein tut, aus der Notlage heraus
Aus Blödheit, also aus Bewußtsein, ungeachtet
Dieser Ausreden, ich mache es kurz, braucht er das

Weil er hier bestimmt, was mit ihm passiert und uns
Mal unterschlagen die Bedingungen, Vorgaben, Quälereien
Am laufenden Band, den einkalkulierten Irrsinn
Herrscht er hier, mal ganz abgesehn davon

Daß er sich kaum beherrschen kann, und daß ihn das einmal
umbringt
Im beißenden Gestank, im Gehämmer, in der verschifften
Kleinrationalisierung, reißt er seine Stunden runter
Ungeachtet dessen, daß er nicht weiß ob ihn einer versteht

Wenn er sagt, daß das sein Leben ist
Und mal vernachlässigt, daß er nichts Besseres weiß
Als neben den Kollegen zu stehn und sie neben sich zu wissen
Und ganz und gar abgesehn, daß ers ihnen nicht sagen wird

Und daß er weiß was er sagt
Und nicht weiß, ob euch das helfen kann, Kameraden
Ist er immerhin bei nichts anderem so bei sich
Einmal abgesehn davon, wie es anders wäre.

(Die Griechen verpackten das Problem in Adonis, Sohn eines angeblichen Königs von Zypern, Kinyras, mit seiner Tochter Myrrha. Weil er gut aussah, ging Aphrodite mit ihm, und Ares ließ ihn aus Eifersucht von einem Eber zerreißen. Er mußte hinab in den Orkus, aber Aphrodite erbat ihn von Zeus für immer einige Monate zu sich. Andere berichten es anders; und man kann es wiederanders nennen: da ihm Ads selbstbewußtes mokantes Gesicht nicht gefiel, das mehreren, darunter Af, imponierte, ließ ihn Arsch von seinen Beamten, diesen Waldschweinen, auseinandernehmen. Ad war für die Umwelt gestorben usw. Die Griechen rechneten so, daß er etwa ein Drittel des Jahres in der Unter-, ein Drittel in der Oberwelt zu leben hatte und in einem Drittel über sich verfügen konnte.)

Gedächtnisprotokoll

Die Leute hier pochen auf meine Seiten.
Sie zerreißen mich in der Luft. Sie lecken
An meinen vier Buchstaben, kaum daß ich die
Hinsetze. Das mußt du verantworten! sagen sie
Und blicken mir hart in den Schädel.
Sie hocken in Knäueln auf meiner Werkbank
Und begutachten feixend die Bohrer und Feilen.
Sie wissen alles vorher, sie stellen sich dumm
Sie tragen mich auf Händen, sie lassen mich fallen.
Sie konstruieren mich aus meinen verwirrten Teilen
Und lassen mich durch mich selber rennen
Damit ich zu mir komme, und hängen an meinen Fersen.

Sie machen mich schlecht, sie machen mich besser.
Sie decken mich ein mit ihren Fäusten und Lippen.
In meinem schwachen Gedächtnis stehn sie Spalier
Für meine Gedanken. So habe ich
Meine Macht erfahren.

Empfang

Er empfängt mich früh um zehn
In seinem fast leeren Raum. Er begrüßt mich
Wie einen alten Bekannten. Er ermuntert mich
Durch sein Beispiel und seine enormen Sessel
Die gewohnte militärische Ordnung meines Körpers
Aufzulösen. Er lächelt zufrieden.
Er macht einige vertrauliche Bewegungen
Auf meine Herzgegend zu, die mich locker machen.
Er sieht sich geduldig an, was mir auf den Nägeln brennt.
Er betrachtet interessiert meinen unförmigen Kopf
Der mich am Reden hindert
Und will veranlassen, daß mir die Pommersche Mütze
Abgenommen wird und die Spanischen Stiefel
Die ich höflich unter dem Tisch
Verborgen hielt. Ich deute aus dem Fenster
Auf die verwickelten Gänge des Lebens, wo sich
Meine Hoffnung verlaufen hat. Er bewegt nur
Das Kinn, und sie findet sich wieder ein.
Er beschließt in einem Satz von circa zehn Worten
Eh ich mich entschließe auszuatmen
Meine Angelegenheiten in den verrotteten Städten
Zu regeln. Verstrickungen
An Ort und Stelle unentwirrbar für einen wie mich

Löst er mit einem Strich auf der Manschette.
Er nimmt mir alle Sorgen vom Ast
Mit einem Kaffeelöffel, den er auf den Tisch haut.
Als er mich hinausgeleitet, umarmt er mich.
Als ich auf die Straße trete, schrumpfe ich auf die Größe einer Laus.

MATERIAL IV: GUEVARA

Die Völker schwiegen, schlummerten, da sahe
Das Schicksal, daß sie nicht entschliefen und es kam
Der unerbittliche, der furchtbare
Sohn der Natur, der alte Geist der Unruh.
Der regte sich, wie Feuer

Soll ich aufbrechen, soll ich bleiben
Bei meinen Worten. Einer hielts nicht aus
Auf seinem Stuhl knietief in Plänen
Die Hände in Beschlüssen, herreißend
Die Zukunft auf die Insel, ringsum aber
Die Völker schwiegen, schlummerten. Von ihrem
Blut sein Blick dunkel, und zerfahren vom
Alten Verkehr der Welt das Glück, das er
Hatte, nicht tröstend einen der mehr sieht.
Er war am Ziel, da wars keins. Und der alte
Geist der Unruh regte sich, abschüttelnd
Das eine Land ihm. Mit nichts
Als seinem Namen ging er, ohne Licht
Des Tages oder Nachtruhe davon
Ich lasse meine reinste Hoffnung hier
Guevara. Und war nicht mehr sichtbar. Soll ich
Bleiben, bei meinen Worten. Soll ich aufbrechen
Aus meiner Hoffnung. *Ich kann das tun*
Was euch verwehrt ist an den Staat gesetzlich
Geleimt. Ich muß das tun was ihr nicht tut.
Er ging die Namen wechselnd und Masken
In Dschungeln oder Städten, ausbreitend
Seine Sprache. In dem undurchdringlichen

Sengenden Wald des Januar gekratzt ins
Verhungerte Erdreich das Basislager
Damit der Mensch noch lebt muß man ihn töten.
Und schießend in die Stille der Welt kam
Er zu sich, nicht mehr achtend Leben, andres
Und seines. Der Mord seine Geburt
In der verkehrten Welt. Ein neuer Mensch
Tötend den alten wirklich. Aufbrechen
Oder bleiben bei meinen Worten, die Asche
Werden auf meinem Haupt. Da sind noch andre
Worte. Ñancahuazú, Handfläche
Land, das der Kämpfer wie sie kennt, jede
Linie des Tals. Der Hinterhalt sein Fort
Die Hütte sein Ausland, unsichre Grenze
Das Schweigen der Bewohner. *Die Kraft ist nämlich*
Der Guerilla das Volk. Aber Schweigen sagt nichts.
Oft wo er ans Fenster trat floh lautlos
Der Inhalt. Hoffnungslos, duckt sich das
Verteidigend den Strick am Hals. Nichts so
Fürchtend wie die Befreier und die fürchtend
Was sie befrein. Und zittern unterm Obdach.
Und ich, das redend, bin schon in Gefahr
Von der ich rede, nicht verständlich mehr.
Und abgetrennt von vielen, ein Verwirrter
Der ist nicht mehr ganz hier. Soll ich denn bleiben.
Bei meinen Worten bleiben, handelnd mit
Alten Sätzen. Bin ich nicht schon fort.
Wenn ich ans Ende geh kennt mich nur eure
Furcht. Wir werden sehn. Im stachligen
Gedärm des Cañons weiter, erkundend
Die harmlose Natur des Ackers, umstellt
Von hundertfachem Gewehr. Er röchelnd

Beschrieb den Seziertisch wo er lag
Der Tod eine wirkliche Möglichkeit
Vor einem wirklichen Sieg. Furchtbarer Aufbruch
In diese Sätze, die ich hinschreibe.
Vor, sagt er, einem wirklichen, sagt er, Sieg.
Könnte ich noch zurück. Und milde lächelnd
Die Bäuerin verriet die leisen Stimmen
An die Meute. Die widerlegte ihn
Für uns. Das war sein Ende. Und ich geh
Weiter, ich bin nicht mehr bei mir.
Könnt ihr mir helfen. Ihr habt ihm nicht geholfen.
Seine Flucht tötend mein Dasein. Oder
Festhalten was ich habe, was nur uns
Gehört, gehört
Was kann uns denn gehören. Dieser Goulasch
Auf unsern Augen. *Etwas Neues suchen.*
Seine Sätze tötend meine Sätze.
Den Sozialismus mit den morschen Waffen
Baun, Ungleichheit endlos Fremdsein
Der Handel mit der Freundschaft, Inseln wiegend sich
Im Gleichgewicht, verdrückend das Gefühl
Das sie erschüttert. Vietnam, und die Völker
Schwiegen, schlummerten. Dies Spiel, das einen
Zum Wahnsinn treibt, der nüchterne
In Waffen gehnd und geht um als Gespenst.
Seht ihr, ich bin nicht mehr bei euch.
Ich seh Gespenster und nenn ihren Namen:
Kommunismus. Seine Flucht mein Thema
Mein Thema meine Flucht. Als sie ihn hatten
Voll Wunden und beweglos, lebte er.
Sie ließen ihn, in einer Scheune, bluten.
Barrientos gab den Befehl, den sie

Befolgten ins Herz. Da war er tot und
Fürchterlicher, daß sie ihn schnell
Vergruben, und gruben ihn wieder aus und
Verbrannten ihn, und er lag da, und ließen ihn
Verschwinden. Sein letzter Satz jetzt meiner.
Sie werden nun erleben, wie man stirbt.

DEFINITION

Die Suche nach dem Stoff (zum Schreiben, zum Leben), um gegebenenfalls den Tod zu finden. Die Mechanismen des Zeitalters auseinanderschrauben, die Beziehungen zerfasern nach dem geheimen Blut der Geschichte. Gestorben für die öffentliche Ordnung, die Arbeit im Untergrund, im Gedicht. Dem Tod, dem klapprigen Kumpel, die Losung aus den Zähnen reißen, wo sie jeden Sinns bar ist: GLEICHHEIT. Zugleich die Empfindung der Machtlosigkeit der Worte, weltweit auf dem Strich durch das Leben (EGALITE, EQUALITY, PABEHCTBO), während wieviel? weiteres Blut ausfließt erblaßt in der Haut verfault in den Schläfen. Was kann mir helfen? Die Begriffe laden sich auf zu ungeheurer Spannung, die Reden Artikel Kommuniqués als Isolierband im Hals, daß der Verstand nicht durchbrennt. Allein in meinen Sätzen, und nur wissen, daß sie auch abgesucht werden durchforstet zerrissen von den andern, um den Stoff zu finden, der im Gefühl verschwimmt, das uns aus den Poren bricht, ein internationalistischer Schweiß. Die anderen die Gleichen: die langsame Formel, die mit Leben zu füllen ist womit womit womit? oder vom Tod.

HÖHLENGLEICHNIS

Gezwängt in die Versteinerungen unserer berühmten Höhle, in der wir seit 5000 Jahren hocken, waren wir (nach schier aussichtslosem, von den meisten längst aufgegebenem Training der Halsmuskulatur und Rückenwirbel) seit den Detonationen der letzten sagenhaften Kriege immerhin beweglich genug, daß wir uns herumwenden konnten, um durch den Ausgang in das grelle Licht zu blicken. Das Licht, das bekanntlich die Schatten verursachte, die wir bislang als Beleg unserer minimalen Bewegungen wahrgenommen hatten. Als wir jetzt aber ins Freie sahn, war es nicht hell. Die große Lichtquelle, die uns aufgehen sollte, ja die immer wieder etliche seit jedem neuen Jahr Null angebetet hatten, war nicht vorhanden. Es war auch kein Ausgang da, sondern hinter uns kauerten andere Leute, wie andere immer vor uns kauerten in der selben Dämmerung. Offensichtlich mußten unsere Körper selbst oder die Bewegung der Körper ein schwaches Licht ausstrahlen, das, summiert, uns schattenhaft und flüchtig festhielt an den Wänden. Überrumpelt von dieser Entdeckung wollten wir uns wirklich halten an den Wänden – und griffen verblüfft und erschüttert ins Leere bzw. fielen vornüber in eine Menge Gerümpel, das wir besaßen. Wände also auch nicht! so hatte es kommen müssen. Wir sitzen hier 5000 Jahre in der Höhle, und sie hat keine Wände! Das war keine Höhle, dafür waren wir Logiker genug. Wir hausten womöglich so unglücklich gruppiert, daß wir uns mit unseren Vorstellungen und Apparaten selbst umbaut hatten und jeder aus seinem Winkel in einen unzersprengbaren Raum zu blicken glaubte. Einen Raum von Fakten, von steinernen Gesichtern. Es war nun nicht so, wie einige von uns dachten, daß wir uns aus dem Laden einfach erheben konnten. Bei den ersten Versuchen, uns eilig und entschlossen hochzureißen, fühlten wir uns alsbald wie mit Ketten an den schleimigen Schutt gebunden und zurückgerissen, zumal sich die meisten nicht ruckten auf ihren Erdteilen, und standen schwitzend und, um den schneidenden Schmerz zu lindern, geduckt in den Kontaktzonen, Überleitungsphasen, Ausfallzeiten, bei der rechnergestützten Ermittlung abrechenbarer Verpflichtungen. Die aber den Schmerz nicht scheuten und sich lieber den Kopf einrannten an den herumragenden rostigen Verhältnissen und Stillhaltepraktiken als wieder in die Hocke zu gehn, richteten sich ganz auf und leuchteten für Momente grell, besonders ihr Großhirn wie eine phosphoreszierende Masse, und unsere stummen und halbherzigen Bewegungen waren schwarz und beschämend deutlich auf das ganze Inventar zurückgeworfen, bis die Körper dieser Jünglinge von Stricken quer durchschnitten und verbrannt zwischen unsere Nagelscheren, Tabellen und Nabelschnüre rollten. Darüber begannen wieder Jahrhunderte zu vergehn voll neuem Schutt, geplanten Kosten, Kunstersatz und normativem Gespeichel. Aber in dieser Zeit begann ein neues, härteres Training, des schmerzhaften und wunderbaren aufrechten Gangs.

LARVENZUSTAND

Ich nehme mir was ich brauche
Sagte der Mann, der mir glich
Und was mir soviel hilft wie ein Wisch
Wie ein Wechsel, wie eine Schweigeminute
Ich nehme es mir von euch
Sagte er und sah mir aus den Augen
Ob ihr etwas übrig habt oder nicht.

(Er hatte gut Reden, und es waren meine Worte.)

Ich bin mir nicht zu gut, denn es geht mir zu schlecht
(Ich verstand ihn genau), ich sage nicht
Daß ich von diesen Leuten nichts nehme!
Woher denn sonst? wenn nicht aus ihren Händen
Ihrem verworrenen Garn, ihrer Tinte
Mit der sie sich foltern, ihren Zungenküssen
Ihren Gebärden, ihren Gebäuden, ihrem Gebräu!

Ich helfe mir, sagte er
Aus meinem trockenen Mund: mit den möglichen
Augenblicken, in denen sie sich berühren
In ihrem medaillenverdächtigen Einsatz
In der gelungnen Umarmung, selten genug!
Ich nehme es wo ich es kriege
In ihrem bescheidenen Sträuben, sich gut zu sein
Ich behelfe mich so und nicht anders

Rief er (und es waren meine Worte:)

Notfalls reiße ich es
Aus ihren Gurgeln, den notorischen
Labyrinthen der Brust (und er griff in meine
Und zerrte mich halb hervor:) und nehme mir, wie gesagt
Was ich nun einmal brauche
Und so wie es ist
Murmelnd und blutend und zuckend
Von seinem letzten besudelten Laken
Oder von seinem ersten
Auf dem es unwissend lächelt wie ein Professor des Rechts:

Notfalls also, und schlimmstenfalls
Breche ich in einen Schädel, der längst leer ist
Von seinem rasenden Gewölk, und stochre in den Kiefern
Und Augenhöhlen nach der falschen Bilanz
Und kitzle aus dem zerbröckelnden Steiß
Seine versessene Lust, seine demokratischen Exzesse
Oder den eben (sagte er mit meinen Worten)
Zerschlagnen winde ich, was sie
Nicht mehr retten kann, aus den zerfetzten Fasern!

Rief er, und wenn ich so weit gesunken bin
Mir meinen Tod zu berechnen
Eine sanfte eindeutige Lösung
Ziehe ich, was ich brauche ihn zu begreifen
Aus jemandes Zukunft, der erst noch geboren wird
Wenn er der üblichen Absaugvorrichtung entgeht
Aus einem gewölbten Bauch, einem Samengemisch
Woraus ein zartfüßiges Wesen wächst
Das uns noch ähnelt, aus Anhänglichkeit
Wie der Falter der Larve:

Du Larve, schrie er, in deinem Larvenstaat
Daher nehme ich es, aus allem und nichts
Das erst etwas werden soll, das höchstens beginnt
Aus dir zum Beispiel, aus deinem grinsenden Grimm
Deinem Entsetzen über den täglichen Einbruch der Nacht
Deinem politischen Schweiß, deinem eingenähten Verhängnis
Ein Mensch zu sein vom Morgen bis übermorgen
Verstehst du? dem geholfen werden muß
Damit er am Leben hängt und nicht am Strick
Der einen Namen braucht, einen Beruf
Und Zucker in seinem Brei, damit er die Welt versteht
Und Girlanden am siebten Oktober oder, warum nicht?
Am siebenten Mai, an dem du geboren bist!

Wer redet von mir, sagte ich
In sein Gesicht im Spiegel, warten wir ab
Warten wir, bis ich in der Erde liege
Wie wir dann miteinander stehen!

Wenn du noch warten kannst, sagte er grob
Kann dir noch geholfen werden: ich kann nicht warten
Und das sind deine Worte, sagte er
Genosse, mit deinen Schüssen im Kopf
Und diesen Pässen im Anzug, die dich ausweisen
In diesem und aus allen anderen Ländern

Und anderen Hoffnungen, die von hinnen fahren
Und Revolutionen, mit denen einem

Mit deinen Worten gesagt, geholfen wäre
Für einige Stunden, für seine Geburt
Für ein Referat oder, wegen mir! seine Ruhe

Daß er herauskommt aus seiner Larve, mit allen heraus
Und ich ihn nehmen kann, wen sonst?
An meine Brust, um mir zu helfen, um mich zu retten!

Sagte der Mann, der mir aus dem Herzen sprach

Und verschwand in meiner Zirbeldrüse
In meinem Überdruß, in meinem Schweigen

In meinem Hilfeschrei

In meiner Larve.

Der Stoff zum Leben 2

daß nicht zu Wasser die Freude / Werde, kommt, / . . . / Schöner freilich muß es werden / Liebende in den / entgegentönt // sie sind's, sie haben die Masken / Abgeworfen.

Hölderlin, Der Gang aufs Land. Entwurf

MATERIAL V: BURGHAMMER

Mitteldeutsches Loch Ausgekohlte Metapher
Keiner Mutter Boden Loser Satz
Aus dem Zusammen FROHE ZUKUNFT
Hang gerissen

Grauer Sand Gegenwart graslos Vergessene Gummi-
Stiefel im Regen Zigarettenschachteln Der Himmel wie Kalk
Seile mit zerborstener Seele
Hier sind wir durchgegangen
Mit unsern Werkzeugen
Die Baumleichen unter der Vorkippe/Endmoräne des Fünf-
jahrplans
SO WIE WIR HEUTE ARBEITEN
Haben wir gestern gelebt
Die Frau im Spind im Viermannzimmer
Ist der Vertrauensmann
Im Altersheim
Die Toten umgebettet von den Toten
Mit Großgeräten *Der Wind*
Ein wüster Geiger
der sich in die Drähte wirft
Aus den Trümmern der Städte
In die Trümmer des Walds
Die Landser im Leistungslohn DIE LETZTEN
Mit blutigen Händen
WERDEN DIE ERSTEN SEIN

Aschewasser

Ich stehe BETRETEN auf der Böschung VERBOTEN
Archaische Landschaft mit Losungen
Das Getöse in meinem Kopf
Und sie liefen bewaffnet im Gleis mit schartigen Schaufeln
Gegen den Eissturm
Die Stimmen Der tierische Schrei des Baggers
ROLLEN MUSS ES in meinem Kopf
                                        und stießen das Eisen
Unter die Schwellen den Dreck die Prämie in den Hals Und der Morgen
Flaggte
Albert allen voran
In den Kampf um
Unverständliche Rufe
                              im Mannschaftsraum in meinem Kopf
Aber zu tun bleibt mehr als geschehn denn alle ~~den einen~~ das eine
Wollen sie ~~morden im Grimm~~ Rings stellt der verschworene Haufe
Sich für die Sache zum Kampf
Unter dem Abraum Zehn Meter Sand/Bewußtsein
Im Genick
                das NEUE LEBEN
Wo sein banges Gesicht hinwandte ~~der ängstliche Phineus~~ Albert
~~Starrt ihm der Hals und zu Stein ist~~ verhärtet das Feuchte der Augen

Der Vermummte in der Grube
Mit der Schaufel kaum daß ich ihn sehe
In den linken Händen oder begreife
Er stochert im Sand

»Läßt du dich blicken wie Auf deinem Posten«
Der weiße Atem vor dem Milchgesicht
Brille Zeitung die er langsam frißt
»Oder wo wohnst du zwanzig Jahre nach mir
Hier ist die Vorzeit/Vorraum deines Glücks
Wenn du es hast Hast du die Zeitung nicht
Gelesen«

Er lacht in die Faust
Oder bläst sie warm breitet dann die Arme:
»Das ist der Tagebau mein großer Leib
Wenn ich gehe wird er größer wenn ich
Stehe bleibt er stehn So groß bin ich
Kannst du mich sehn Der letzte Dreck im Dreck
Mein Eigentum das ich mir untern Nagel
Reiße schwarz Begreif ich mich

Ich kenn das Loch auch in der Mauer
Soll ich dir sagen wo ich gestern war
Im Auffanglager ich zwischen zwei Schichten
Grinsend
Ich könnt mir helfen auf den Ast
Den die sich lachen über dich und mich
In meinem Kopf den ich in den Sand steck

Ich will die Welt von unten sehn Kollege
Wo sie schwarz wird oder was weiß ich
Ich zieh mich nicht heraus aus meinem Loch
Und für den Letzten soll die Welt gemacht sein
Der Weg voran führt einmal auf den Grund
Und wenn wir dieses Land wegfräsen müssen
Es wird ein andres wenn ich in kein andres

Geh«
    Er wirft sich in den Sand

In meinem Kopf in meinem Mannschaftsraum

»Ich Hans Arsch Märtyrer Dichter Held
Wer kennt sich selbst Hier ändre ich die Welt
Hier kann ich es *Wer weiß was er vermag*

Und was du tust sagt erst der andre Tag«

Ich stehe vorgebeugt VOR-
Vor mir nichts Das Restloch Still-
Gelegt das Land Das hat es hinter sich
Das schwarze Wasser
Tost in die Tiefe

Hier bin ich durchgegangen
Mit meinem Werkzeug Ab-
Geräumt der Glauben

Und eingebuddelt die Schar
Mit allen Negern wo die Kohlen stimmen
Unter selbem Dreck im Schädel

Ein wüster Anfang wieder
Auf dem Planum

Und darüber
Gestellt an der Schreib-
Maschine Eingespannt
Das ungeduldige Papier-

Gesicht

Auf den Boden Satz!
Die Heidenarbeit
Gegen den Schnee der Verse

Erstaunliche Zeile Wald
An der F 97
Die Sandkuppen unter der Hand
Aufgerichtete Brustwarzen

Ich schaue die Reiche
Und Herrlichkeit der Welt.

MATERIAL VI: DIE MUMMELFÄLLE

Wäre ich ein Kunstmaler! was würde ich
für schöne Sonnenuntergänge malen.
Picasso

Über die Felsen fällt das reine Wasser
Über die Füße, *reine Freude*
die Natur
Mummelt in ihren Bart
grün
Die Augenweide, Farn und Lattich, der Wald
Steht schwarz und schweiget immer noch
Wär ich ein Lyriker, mit blankem Vers
Wie wollte ich
aus den Fichten
Tritt der bärtige Alte mit der Keule
Vergiß nicht deine Rede

Die Touristen
Halten ihre Pfoten, ihre Stöcke
In die Gischt, dicke Arbeiter
Verkleidet friedlich einundzwanzig Tage
Und wechseln die Montur hinter den Büschen
Bleich grinsende Gespenster aus der Frühschicht
Lauge schießt aus den Klüften und bewölkt
Die Steine, der Wald schnurrt lautlos ein
Aufs Unterholz, durch das die Schwaden ziehn
Meine Füße, gelb, die bloßen Knochen
Heb ich aus dem Abfluß, blinzelnd auf
Das rußige Papier, auf dem sich das
Ereignet

Ich schreibe meine Sätze
Ins Reine, Wasser Wald, aussterbende
Worte, die ich hege, *im Umkreis*
Von 100 m ist jede Verschmutzung
Der Alte verschwindet zwischen den Fichten
Der Bart ist ab.
In einem kühlen Grunde
Steht meiner (wenn ich nichts mehr sage).
Heimat Haus: der kommunale Schutt
In dem ich mich ergehe mit den An-
Verwandten

Langsam wandelt die schwarze Wolke
In den Fenstern die
Arschruhe, feist und zu-
Frieden in der einzigen Haut
Frieden
        du weißt nicht was du sagst

FREIHEIT FÜR GRÖNLAND SCHMELZT DAS PACKEIS
STELL DIR VOR ES IST KRIEG UND KEINER
GEHT HIN in Amsterdam
ENTRÜSTET EUCH

Der in Waffen geht hoch
Gerüstet, in der
Bombenstille und

Der Wald neigt sich, der Strom fliehet, und ich
Falle nicht auf mein Angesicht?
Herr Herr Mensch barmherzig und gnädig
Ihr Nahen, erbarmt euch eurer.

Wir trafen ihn montags auf dem Weg zur Arbeit. Er sah schlecht aus, hager, irgendwie rostig. Er ging gebückt unter der Last der Eisenplatten. Wohin des Wegs, Kollege, sagte ich. Er balancierte auf der Bordsteinkante, den Kopf zum Himmel gekehrt, den er musterte. Das scheppernde Geräusch des Eisens oder womöglich seiner Gliedmaßen mußte meine Frage verschluckt haben. Jedenfalls des gleichen Weges, sein Rasseln vernehmlich neben uns. Man wird doch fragen dürfen, rief ich.

Keine Antwort. Wir wollten weiter, verfingen uns aber in den Drähten, im Gewölle, das er hinter sich herzog. Stacheldraht, aufgewühlter Schotter. Da haben wir dich, murmelte ich, und was haben wir da. Nichts als Schererei. Die Mühe. Er sah sich um, und jetzt sah ich das graue narbige Gesicht. Die aufgerissenen Augen, völlig ausdrucksloser Blick. Riesige Rüstung, wie aus dem Feudalmuseum. Was machte er? Er schien uns nicht zu bemerken, einzelne Wesen. Er sang ein Lied. Ein Monster, dachte ich: er ist ein Monster. So sieht der aus, den alle Welt erwartet hat. Der die Welt in Atem hält. Den sie liebt. Dann hörte ich die Sprache, die er sprach bzw. sang. Den bekannten Ton. Arbeite, sagte (sang) das Monster. Tu was für den Frieden. JEDER EINE GUTE TAT etc. Ein Augenblick lang die Versuchung, die Plakate von seiner Brust zu reißen. Ihn zu schütteln, daß die Scharniere flögen. Den FRIEDEN ZU BRECHEN. Aber etwas in mir meldete sich devot: Halt stille. Du brauchst ihn. Du mußt ihn erhalten! und schlug die Hacken zusammen. In die Arbeit krauchen; nun merkte ich jedoch, ich kam nicht hinein, vielmehr ich kam aus dem Museum nicht heraus. Aus dem Gehämmer, der Rüstung die sich um mich schloß. Ich krümmte mich vor Schmerz, bückte mich in das Eisen oder das Eisen drückte mich nieder, freiwillig jedenfalls widerwillig zähneknirschend. Blaß vor Eifer vor Wut. FRIEDEN AUF ERDEN FRIEDEN IST DAS HÖCHSTE GUT wenn dus nicht kleiner hast. Was man so schwafelt in der Angst, es war nicht seine. Er stand darüber. Knochen Kosten komplexe Maßnahmen. Er stand über allem. Wir hätten ihn vom Sockel stoßen müssen, aus seinem Panzer kloppen. Wir hätten den ganzen Staat herunterreißen müssen, Stiefel und Tressen. Ich stellte mir ihn nackt vor, wehrlos, ohne diese fürchterliche Montur, und mußte plötzlich lachen. Der bucklige Hund, Krüppel von einem Frieden. Der Clown der Geschichte. Den hatten sie vorgeschickt. Ein Ersatzmann, eine müde Charge. Der wir die Maske abziehn durften, unter der ein altes blutiges Antlitz grient. Wir mußten an ihm vorbei, wenn wir an unsre Arbeit wollten. VORWÄRTS sagte ich und wußte nicht was ich sagte, Bevor ich Frieden gebe muß etwas geschehn, meine Brüder, BRÜDER ZUR

VORWÄRTS UND NICHT VER
                    VER
                    vergammeln/blöden/raten
Vorwärts und sehn wo du bleibst
BRÜDER ZUR
          ZUR SONNE
          ja wohin?
Vorwärts und nicht vergessen anzustellen
Brüder zum Posten empor!
Vorwärts an Geschütze und Gewehre
Vorwärts marsch!
Brüder zur Kasse

VORWÄRTS UND NICHT VERGESSEN
BRÜDER
Die Solidität
DIE SOLIDARI
TÄTERÄTÄH

DAS GEBREMSTE LEBEN

Geh deiner Wege
Wenn du es kannst
Versammlungsmensch
Öffne die Poren.

Ein Fremdkörper, ichförmig
Im Verkehrsstau
Im Kopf: Rot
An der Ecke Schönhauser.

Spurtreu und schweißnaß
In der Unterführung
Zwei Stempel wegen überhöhter /
Ach leck mich

Jetzt mache ich einen großen Satz bis an den Rand des Blattes
Und löse die Bremsen
Rasender Gedanke
An alle an alle an

Es ist eine knirschende Dämmerung.
Über dem Raketensilo
Kauen die Kühe
Die Losungen wieder.

Und der Teer in den Adern
Das geregelte Herz
Hinter der Frontscheibe
Eine undurchsichtige Freude.

Die Nachmittage mitunter
Pinien-, in Meteln
Duft! Atmende
Fern von Troja:

Auf auf zum Kampf
Ihr Waffenlosen, Tod
Den geheimen Räten.
Frauliche Unscham

In der Umarmung.
Der Wirkliche sinnliche Mensch
In der Sauna
Finnischer Gefühle

Ohnmächtig.
Oder Rudi in Oregon
In der orangefarbnen Gemeinde
Einen Lebenszusammenhang

Sucht er mit Hacke und Sichel
Der Ausgewiesne
Flieht uns voran
In die bessere Steinzeit:

Geh deiner Wege
Weil du es kannst.
Ich weise mich selber aus
An der Grenze

Unseres Witzes
Mit meinem Gelächter
Meiner sträflichen Liebe
Meiner frischen Tat.

LESSINGS TOD

Er starb erschöpft, schweißbedeckt
Am Schlagfluß oder wie hieß der Überdruß
Das Leben längst steht
Auf einem andern Blatt.
Es war nicht gut, aber nicht genug
Er schlief einfach zu oft ein
In der Residenz, aus Notwehr, in den Disputen
Erstarb ergebenst, oder starb guterletzt.
Ein nächstes Leben. Wie kann das sein.
Es beruht auf einer Vermutung
In seiner Verlegenheit
Seit er, dreißig Jahre, zugrundeging.
Genauere Märchen glaubt er nicht
In die Erde, Schnee fällt, wie immer allein
Harrt er in den Texten aus, während die Hauptpastoren
Allmählich im Himmel verschwinden, die gemieteten
Köchinnen verbraten. In Wolfenbüttel
Muß es nicht sein oder Sachsen
Und vor allem nicht gleich. *Und warum nicht ein andermal.*
Zeit hat er nicht vertan
Und Schlaf, mit Träumen. Sein einziger
Wiederzukommen. Dieses Geripp
Will es selbst, er denkt an s i c h
Was nimmt er sich heraus in der Erde.
Was reitet ihn, welche riesige Hoffnung
Blamiert ihn unsterblich. Er sucht
Eine Anstellung natürlich
Nur nicht in Wien, Mannheim, sonsteinem S t a a t
Und an den toten Theatern, den insgeheim

Wuchernden Archiven und Datenerfassungszentralen
Nicht den Tod! er ist nicht geheilt vom Leben
Man stirbt umsonst. Aber wie wagt man sich
Vor, auf wen berufen
Vor dem Herzog oder wer ist der Chef.
Der Tod schützt vor Torheit nicht. Wie wird man
Hat man es, des Lebens froh
An diese Maschinen gezwängt, in diesen feudalen
Plankommissionen. Das Versinken
Immer, in rohen Verläufen
Das Untergehn, in den Morgenröten
Aus Blut. Wie stellt man es an
Vorhanden zu sein. Wie viele Umarmungen
Leiber muß er verbrauchen.
Menschenalter, die er vergessen kann. Er rackert sich
Hypothetisch und wild, im Grabe ab, wohin
Mit dieser rasenden Lust
Zu welchem Leben. Nur das nicht wieder nur das.
Das Würgen im Hals, diese Angst
Vor der selben Brühe. Bleich, schwitzend fragt
Und grübelt er im Untergrund
Und duselt so fort. Auf dem Grab wir
Fernere Leute, starren
In den Moder, was ist
Das für eine mörderische Geschichte. Er liegt erblaßt
Und ruhelos, routiniert zitiert
In seiner Maske, es hat sein Bewenden.
Wir leben. Er kommt nicht vor
Er rumort da unten und kann nichts finden
Sein Glück, an uns. Er will es für sich.
Wir gehn bestürzt, von einer Ahnung
Unsrer Wege. Er wartet im Sand.

DAS LEHEN

Ich bleib im Lande und nähre mich im Osten.
Mit meinen Sprüchen, die mich den Kragen kosten
In anderer Zeit: noch bin ich auf dem Posten.
In Wohnungen, geliehn vom Magistrat
Und eß mich satt, wie ihr, an der Silage.
Und werde nicht froh in meiner Chefetage
Die Bleibe, die ich suche, ist kein Staat.
Mit zehn Geboten und mit Eisendraht:
Sähe ich Brüder und keine Lemuren.
Wie komm ich durch den Winter der Strukturen.
Partei mein Fürst: *sie hat uns alles gegeben*
Und alles ist noch nicht das Leben.
Das Lehen, das ich brauch, wird nicht vergeben.

Weiß der Mittag flimmernd auf den schönen

Trümmern Die mächtigen

Sokrates *die Seele lebt ewi-*
Ger Schwätzer

Philosophen haben die Welt nur

Stufen noch die schweißige Gasse

Diogenes der Stadtindianer
In seiner Einraumwohnung *mit den Händen*
Sang er sich selbst sein Hochzeitslied

Ja könnte man so durch Reiben
Des Bauchs den Hunger vertreiben

Und aber ich
In meinem Lehen
Mit fetter Leber, Sie sehen hier
werte Zuhörer von der Inlandpartei, den Sieger der Geschichte, ein auffallend lächelndes Exemplar, den Mann der es hinter sich hat was Sie vor sich
hurrah
Rief ein Greis in der hintersten Reihe

jetzt besitzt er alles, was er nicht verlangt hat, die Fabriken, unvermutet, Maschinen Werkzeuge Fonds, alles und nichts

Ich lachte dröhnend
Aus den Eingeweiden

sowie nichts und alles, Flüsse und Kanonen, Eisenbahnen, Blumen, der werktätige Hippie im Dienst der Sache, die er sich zaudernd anzieht, sehn Sie mich an! und wir kommen der Sache näher: meinen gelenkigen Kopf, meine widersprüchlichen Füße, o wir haben bedeutende Korridore und ewig schluchzende Ämter sowie dialektische, sagte ich, Siege, und Errungenschaften ranzig unter der Sonne bzw. dem Regen, denn der Regen, Genossen, rinnt, rinnt unbelehrbar auf die Beschlüsse

Das kann doch nicht wahr sein
Schrie der Uralte und sprang auf
Wofür haben wir gelebt und gelitten
Und im Kerker

Ich entblößte obszön meine Zähne
Und sah auf die funkelnde Straße
Die sich gewaschen hatte

Aufgeschnittne Melonen, das Öl
In den Rinnsteinen, ein zerschlissener
Unterrock undefinierbare Fahne

nicht für den Tod
In der Doktrin, die alle Wunden heilt

Ein Bett, breit, um süß zu nächtigen.
Ein Tisch, und Stühle. Rotwein. Brot.
Arbeit und Freiheit ungeteilt.

Geht mir aus der Sonne, ihr Mächtigen.

Frühjahre der Völker. Seltenzeit
Wenn sie ausgehn, aus ihrem Schlummer
Ins Freie. Das Eis
Der Strukturen bricht, und es hebt den Nacken neugierig
Der Unterdrückte.

Ist das Bedürfnis groß
Davon die Zeitungen schweigen, tritt es furchtlos hervor
Aus den inwendigen Menschen. Freudig
Gewahren sie es auf der Straße. Sie gewahren es
In ihrer Freude.

Durchsichtig die Geschichte
In der sie sich sehen
Läßt sich ein auf das Neue.
Es ist das Andere. Sie sind die Anderen
Sie kommen aus ihrer Haut.

Wie die Liebenden, die sich zu erkennen geben
Alle Scheu fällt von ihnen, amtliches Kleid.
Ihre Lust teilt sich mit, Natur und Maschinen.
Alles versteht sich von selbst.

Es war ein Wagen, auf den ich kletterte, in einem Schuppen in der Vorstadt, ein flaches unbequemes mit Tarnfarbe gestrichnes Wägelchen, das wir jetzt aus dem Gerümpel zogen. Wir: wenige davon- und heruntergekommne Männer, die wußten wo der Weg lang geht. Ich stand auf der Deichsel und sah in das Gedränge, aufsässige begeisterte Ansässige, wir luden sie zum

Mitfahren ein, sie lachten über die Karre, hingen sich an den Wagenboden und ließen sich mitschleppen. Oder wichen zurück vor unsern ausgebreiteten Armen – bekannte Geste, die wir übernahmen, um ihnen (überflüssigerweise, meinten wir) mitzuteilen, daß wir für sie dasind. Habe ich Weg gesagt, es war Sandboden, Lehmboden, noch oder schon wieder vereist oder im Regen ersaufend, nicht markiert in der Steppe. Jedenfalls unbefahren. Wir mußten sehn, wie wir die Räder durch das Grundwasser drehten. Aus den Büschen begrüßten uns Schüsse, die verwirrend in unsre Hände schlugen, in das Fleisch. Ich wurde in die Lunge getroffen, ein Steckschuß, keine Zeit, die Kugel zu entfernen. Andre stürzten kopfüber, mit verwunderten weißen Gesichtern, in den Acker. Wir mußten den Wagen umbaun, mit Eisenplatten bestücken, im Innern Deckung suchen nur durch Luken herauslugend -rufend -schießend. Schießen auf wen? wen rufend? In diesen dröhnenden Panzer verpackt, den wir uns nicht ausgesucht hatten. In dem wir verbleiben mußten, solange dieser Kampf dauerte. Immerhin erstaunlich, daß der Wagen hielt, zerschossen, zerbeult, unsern Bewegungsraum äußerst einschränkend, so daß wir unwillkürlich auch das Denken auf das Minimum einschränkten, aufs Überleben. Jetzt lernten wir das primitive Vehikel schätzen, jetzt zahlte sich aus, daß es einmal für konspirative Zwecke geschustert worden war. Ein Unikum, das nicht mithalten konnte mit irgendwelcher Leute Vorstellung von rasanten Fortbewegungsmitteln, phrasenhaftes Geschwätz. Als aber das Bombardement geendet hatte, stiegen wir nicht heraus. Ich dachte nicht daran, den Posten vorzeitig zu verlassen. Er hatte seine Meriten, und ein Blick aus dem Sehschlitz genügte, uns zu belehren, daß die Gegend nicht problemloser wurde. Trümmer Rauch schwarze Felder. Undurchdringliche Mienen. Stille, die mir die Reden verschlug. Ich saß am Steuer, ein Lenkrad aus einem Ford (das einzige Teil, das dem modernen Standard entsprach) und hatte plötzlich ein seltsames Gefühl: ich lenke, aber der Wagen fährt nicht dorthin, wohin ich ihn lenke, er fährt hin, wohin ihn andre lenken. Wer, wohin. Ich ahnte für Augenblicke, daß ein andrer Kampf beginnen würde, aber kein Schimmer, wer die Gegner waren. Ich vergaß es im nächsten Schlammloch. Ich mußte das Augenmerk auf gleichgültige Gestalten lenken, die in zunehmenden Haufen am Wegrand lagerten. Sie waren kaum vom Schlamm zu unterscheiden, an dem sie hafteten. Auf Knien, die Mützen gezogen. Stumpf grinsend, zu uns auf. Wie zu einer herrschaftlichen Karosse. Unsinn, schrie ich in meinem Alptraum, feindliche Parolen! Was wissen die da draußen? Die Lokomotive der Geschichte, meine Herren Arbeiter und Bauern. Aber sie war ein Panzerzug. Ihre Waffe der Schrecken. Wir darin: gefangen, verborgen, abgeschirmt. Anonyme, eiserne Gestalt. Wo wir einfuhren, lag ein eisernes Gleis, und rotweiße Schranken wie in jedem beliebigen zivilisierten Land. Was für eine Rolle spielte ich – des Befreiers oder Unterdrückers? Es war nicht das Jahrhundert, darüber zu diskutieren. Aber natürlich diskutierten wir, wie die Blöden, wie die besoffnen Kommis, als wenn die Menschen nicht frören vor Hunger zusammensackten im Fieber verröchelten. Wir stießen uns die Argumente in den Leib. Theorie, »Prinzipien«. Du hast recht, sagte ich, Verräter. So eng wie wir beisammensaßen, einer auf den Schultern, auf der Brust des andern, mußte der härter Angepackte freilich gleich aus dem Wagen kippen. Das war ein echter Mangel in der Konstruktion, die ja bei Benutzung nicht elastischer geworden war, im Gegenteil. Alle Verräter, die recht hatten, kippten aus dem Wagen. Wir spürten das Knirschen unter den Rädern. Ein internes Problem; es war nur e i n e Blutspur, die wir hinterließen, an die sich die Außenwelt zu gewöhnen hatte. Eine Spur, die sich verlief in Kanälen, im Beton, in Spuren, die sich verzettelten, durch unwirkliche Landschaft und unwirkliche Zeit. Zwei Schritte vor einen zurück, wie gesagt, wer wußte, was gehaun und gestochen war. Über den Schotter. Blind in die Menge. Angesichts der Lage war es erforderlich, daß wir uns nach vorn orientierten. Den Leuten Mut machten. Ein frohes Grinsen, statt in der Wunde zu bohren. Weiter so, immer voran. Gut gesagt; neben mir, mitten im Applaus, ein Gerangel um die Sitze und Fensterplätze. Ein Streit um Formulare und Rubel. Ein Krieg um die Trittbretter, um mit von der Partie zu sein. Man wollte *drinnen* sein – das bedeutete aber wohl, daß draußen nichts recht ging. Der Gedanke verblüffte mich, war das mein Gedanke? Das war der Gedanke des Feinds. War ich mein Feind? Ich entfernte mich experimentell von mir, d. h. ich stellte mir einen Mann vor, der mir von draußen zusah. Wo befand ich mich? War das ein Wagen. Traktor Pflug Jauchekutsche, Drehbank Schrottberg Höllenmaschine. Ein sagenhaftes ominöses Gefährt. Eine Apparatur, die alle Funktionen aller Geräte in sich vereinigte und knirschend krachend rasselnd öl- und kottriefend vom Zentrum bis an die ferne reine Küste ratterte. Ein kybernetisches Ungetüm, das alle Zwecke in sich hat, das also nicht allemal nach dir fragen muß, das dich wenn du dumm dastehst überfährt zermalmt. So sah das der Feind, d. h. der Mann, den ich mir draußen vorstellte, der Mann, um den es ging. So gräßlich diese Vorstellung war: jetzt wurde ich froh, daß ich sie hatte. Ich betrachtete sie als einen kostbaren Fund, aber ich kam nicht dazu, weiter zu wühlen, weil der Bombenhagel wieder einsetzte. Wir bewegten uns, ich weiß nicht ob vorwärts oder rückwärts, durch tosende schlingernde Erde, unter Tage oder über Nacht, unter stürzenden Wäldern, durch Flüsse, die hinter uns stinkend tot verlandeten, Luft wie aus dem Kalksack gerieselt. Ein Kampf, der »alle Ressourcen verschlingt«, wie man leicht reden hat, solange man atmen kann. Abgelenkt, die zerdroschnen Armaturen geradezubiegen, konnte ich mich kaum der Freude erinnern, die irgendwie mit der Vorstellung an den Mann draußen zusammenhing. (Schwaches Gedächtnis der Isolierten: weshalb wir längst unsre Anschauungen auswendig gelernt hatten.) Mit der Kraft der Verzweiflung versuchte ich mich durch die Panzerplatten zu zwängen. Die Maschine hielt mich umklammert, hakte sich in meine Rippen; die Gliedmaßen, gerade die beweglichsten Teile schienen an dem Eisen festgewachsen oder das Metall klebte infolge eisiger Temperatur am Fleisch. Vor Anstrengung, die Augen offen zu halten, verfiel ich in einen trancehaften Zustand, in dem ich sah, was ich geahnt hatte. Der andre Kampf war der Kampf gegen uns. Der Feind hatte sich vervielfältigt. Zu den Unterdrückern traten die Befreier. Zu den Lebenden traten die Toten. Zu den Kriegen traten die Landschaften, die wir gebaut und zerstört hatten. Die Frage wer wen, aus dem Spielchen der letzten Jahrtausende, hatte eine Antwort vorweggenommen, die keine ist. Eine Antwort, die eine ist, mußte nach allen fragen. In einem Anfall von Freude fühlte ich meine Haut brennen, bleiern und skrofel, und ich entdeckte mit Entsetzen, daß sie die Wand des Wagens war. Richtig, sagte ich mir, es hat seine Richtigkeit. Ich bin mein Gegner. Aber ich war ein kranker Mann, die Lunge schmerzte, das Blut faulte, bleierne Müdigkeit auf den Augenlidern. Ich fiel in den Wagen zurück, sah in die kühlen Augen der Freunde, die auf meinen Posten lauerten, und legte mir folgende Worte zurecht: *Mit dieser eisernen Gegebenheit leben und gegen sie, sie benutzend und zerbrechend*. Doch ich konnte mich nicht verständlich machen, meine Zunge von dicken Drähten umwickelt wiederholte automatisch alte Sätze. Mein Sterben hatte begonnen. Ich kam hier nicht mehr heraus. In diesem Augenblick empfand ich es als gerecht, daß die Zeit, in der ich es begriff, die Zeit meines Todes war. Der Wagen würde mein Mausoleum sein, mein Grab. Eine ehrliche, eine eindeutige Lösung, was mich betraf; die andern mußten die ihre finden.

TAGTRAUM

Im Niemandslande zwischen den Grenzen stand
Mein Wagen, angezogen die Bremsen, hart
Betrachtet von den Türmen, und kein
Rad war zu wechseln hier ungeduldig.

Was wollt ich denn? in meiner Gedanken Zeit
War ich nie so allein, und die Toten nur
Und Ungebornen atmeten mir
Ruhig nun zu, unterm heißen Hundsstern.

Die Völker schwiegen, schlummerten nun nicht mehr
Die Seltenzeit erblühte oktoberlich
Im leeren Felde flimmernd hielt sie
Über den Minen der Stille, reglos.

Die ernste Zukunft, eine Mulattin, teilt'
Mit schmaler Hand das Brot und die Arbeit aus
Nach Nord und Süden und die Wahrheit
Welche auf beiden den Seiten wohnet.

Ein Leben lang hab ich es gewußt: es wird.
Jetzt glaubt ich nurmehr. Und ich saß still im Gras
Daß mich der dunkle Abend kühlte.
Jaulend dann nahten die Hundeführer.

Der Lorbeer bloßen Wollens hat nie gegrünt
Und irrdisch ist und fahrlässig unsre Bahn
Ich muß auf eine Seite, muß es.
Aber ich ahne nur meine Worte.

MATERIAL IX: DRESDEN ALS LANDSCHAFT

Ziegelsteppe mit verstreuten Kaminen
Wir rodelten auf dem Soldatenweg
Die Flak am Mittagstisch vierhändig vom Blatt
Sanft wie Tiere gehen die Berge neben dem Fluß
Flüchtlinge eingekellert
IN SICHERHEIT
                              die armen irrten
Durch ausgeglühte Straßenbahnen Häuser-
Fackeln

Rudolph saß in den Trümmern.

Zuerst zeichnete ich mein eignes

Bleche wie Beckenschläge.

Grinsend der Alte querte ins Kellerloch heraus
Mit der Bauklammer blutig der graue Buschen
Ein Mensch war gar nichts, wenn er was hatte

Man konnte doch nur zählen, die man gefunden
Hatte
          er griff sich in die Augen.

In solchen Stapeln immer zwei- dreihundert
Schwellen dazwischen dann Fässer Benzin
Die Leichen brannten nicht dann Flammenwerfer
Die Menschen irrten

Schwarz vom fetten Rauch, mit der Rohrfeder
Häuserskelette, der Russe schoß schon rein
Ein Todenernst

Es ist noch zu früh für diese Sachen.

Die Ostarbeiter auf den Bänken lächelnd im Donner
Zerrissenes Grün
                    Es war doch ein herrlicher Frühlingstag!
Störte die gar nicht die
Trauten sich bloß noch nicht.

Die Hitze. Stille. Auch kein Vogel
Das verlangte Kraft. Die Brücken
Über den Schnüren
Hielten den Atem an
Die SS in den Nestern
Die konnten dich, wie Tiere neben dem Fluß

Menschentrümmer *das gekrümmte Schranzen-Volk.*
Mit Panjewagen die dritte Welt
Befreier im Klosett
Wuschen die de Gartoffeln
                              Rudolph rück-
Sichtslos

Die Niederlage.

Und der plattgedrückte Troß
Kroch um die Türen drängelnd Neubeginn
Persilschein Opernkarte
Schauspieler harmlosfröhliche Statisten

Das *liebe Dresden* Tal der Ahnungslosen
Er griff sich in die Augen
                                        in die Trümmer

Gestattet war es nie.
Die wollten doch das NEUE LEBEN sehn.
Rosig die Ruinen hell *noch immer schön*

Im Fundament
Der Irrtum eingezeichnet, das

Oder ich denk, die Wände stehn
In menschenloser Zeit, ein Plattenbau
Zentralsymmetrisch an den Fluß erstellt
Das habe ich, siehe unten
Die Toten blicken in die rosige Zukunft
Nach dem Neutronenschlag der Fürstenzug
Auf meißnischen Kacheln zu Fuße
Einige Männer in schäbigen Anzügen
Mickel Czechowski Braun und Tragelehn
Exilieren nach Preußen

Hartknoch der Menschenfreund
Im Friedhof Maria am Wasser
Hält die Festung glückliche Provinz.

Das habe ich gemacht.

Komm in ein wärmeres Land
mit Rosenwetter
Und grünen laubigen Türen
Wo unverkleidete Männer
Deine Genossen sind.
Dahin! Dahin
Möcht ich mit dir, Geliebter
Komm

aus deinem Bau deinem lebenslänglichen Planjahr ewigen Schnee / Wartesaal wo die Geschichte auf den vergilbten Fahrplan starrt die Reisenden ranzig / Truppengelände TRAUERN IST NICHT GESTATTET

Unter die sachten Tamarisken
In den Tropenregen, der die Losungen
Abwäscht, trockenen Protokolle.

Sieh das Meer, das dagegen ist
Mit fröhlichen Wellen, und ins Offene geht
dahin

Dahin führt kein Weg.

Wenn du gehst, hebt die Zeit ihre Flügel.

Nimm den Pfad gleich links durch die Brust
Und überschreite die Grenze.

Wo die Zitronen blühn, piff paff!

En quelque soir, par exemple, le touriste naïf EUROPA SACKBAHNHOF die verdunkelten Züge aus der vierten Welt vor Hunger berstend / hinter der Zeitmauer Getöse unverständliche Schreie / Blut sickert aus den Nähten der Niederlage / Zukunftsgraupel und fast will / Mir es scheinen, es sei, als in der bleiernen Zeit

Sie können dich töten, aber vielleicht
Kommst du davon
Ledig und unbestimmt
komm! ins Offene, Freund!

Nicht im Süden liegt es, Ausland nicht
Wo unverkleidete Männer
Wo der Regen
Denn nicht Mächtiges ists, zum Leben aber gehört es
Was wir wollen
wo dich keiner
Das innerste Land, die Fremde
Erwartet. Du mußt die Grenze überschreiten
Mit deinem gültigen Gesicht.

Dein rotes Spanien, dein Libanon

Erreiche es vor der Rente.

Wir befinden uns, sagte er, auf einer schiefen Ebne. Alles deutet darauf hin, daß es abwärts geht. Schließen Sie einmal die Augen und hören Sie, wie es knirscht. Das ist das Ende. Warten wir ab, wir werden es erleben. Wir sind auf dem besten Weg.

Wir brauchen nur fortzufahren mit der Übung. Vor einiger Zeit konnten wir z. B. das Brett oder wie man es nennen will zurückwippen über den Nullpunkt und sagen: es geht aufwärts! Jetzt ist es eine endgültige Schräge in den Keller. Zu den Kakerlaken, meine Damen und Herrn. Bleiben Sie ruhig, gehn Sie in die Firma, wickeln Sie sich in die Plane, fassen Sie sich kurz. Wir haben die furchtbare Nachricht vernommen, wir haben nichts hinzuzusetzen. Adieu. Sagte der Mann in Itzehoe und glitt hinter dem Fenster hinab.

Non! wir werden den Sommer nicht mehr in diesem geizigen Land verbringen, wo wir immer nur einander versprochene Waisen sind,

komm

Steckmuscheln, Zikaden
Mach dich auf
Lebenslänglicher Leib:
SIEH DAS MEER, DAS DAGEGEN IST.
ERREICHE ES VOR DER RENTE.
DU MUSST DIE GRENZE ÜBERSCHREITEN.

Der Stoff zum Leben 3

Henceforth I ask not good-fortune, I myself
am good-fortune,
Henceforth I whimper no more, postpone no
more, need nothing

Whitman, Song of the Open Road

MATERIAL X: MANHATTAN

Laufe so durch die Gegend, daß man meint, du gehörst dazu
Die Bäume wachsen im Haus das Haus in den Himmel
Die toten Indianer joggen in der Straßenschlucht
Ich saß unter dem Wasserfall im Untergeschoß
Inmitten der Männer Manhattans, aber welche Frau
Was siehst du, Walt Whitman? im 107. Stock
Active Driveway   Do Not Block   Tantalus Delicatessen
Welche Frau befestigt mich auf dem Felsengrund mit ihren
  Atemzügen
When the exchange opens its doors, the pressure never stops,
  for pressure is part of the process
Auch Regen gehört mit zum Ablauf / Wovon du abweichst,
  das ist nicht der Weg
Sagt Ezra Pound der Stadtneurotiker
Die Choräle at Saks Fifths Avenue
Zeige deine Angst nicht allzu offen
Vor dem Luftschloß der PAN AM
Denn das provoziert zu Überfällen
Wie hoch kannst du baun, Bill, ohne daß es umfällt?
(Mister Raskob stellte einen dicken Kinderbleistift auf den Tisch)
Die unerhörten Ruinen von morgen
Wo vogelfreie Gerechtigkeit ein Nest baut
Mein mein Manhattan! Rockefellers Gebirge
Das kratzt den Himmel nicht
Die schwindelfreien Mohawks kehren heim auf die Stahlgerüste
The movements are hectic, the decisions clear
Auch der Wind gehört mit zum Ablauf / Fürchte Gott und die
  Dummheit der Massen
Was suchst du, Walt? im größten Drugstore der Welt

Der alte Mann und der Müll Dollars and Sense
Die unfaßbare Nahrung aus allen Dingen für mich
All the News That's Fit to Print
Die Arbeiterheere unter dem Gußeisendistrikt
Du bist das Opfer, also verhalte dich entsprechend
Im Atrium der Chemical Bank ruhen die Penner im Grünen
Und die Bambuswälder bei IBM
The gracy Field of a Poem
Das ist stark wild herrlich, aber welche Freude
By God! ich will nichts haben, wovon nicht ein jeder seinen
  Teil haben kann unter gleichen Bedingungen
Welche Freude verleiht mir ihr Bürgerrecht
Im Central Park drei halbe Kinder
Der Jüngste auf dem skate-board radelnd
Sagt ganz vernünftig: We are not killers
O etwas Unbewiesenes! Etwas in Verzückung!
Die steinernen Zedern von Dubuffet
PLEASE USE OTHER EXIT
Demokratie.

PALME

Aber er ging umher wie ein Sterblicher
Wenn schon, dann würdig leben, umatmet.

Wozu diese ganzen Länder? Die verrosteten
Richtungen des Himmels, Ost und West
Dieser blutverkrustete Kompaß.

Der Ahorn grüßte ihn und der Maniok
Mit Feldgeschrei.

Wer fragt: Wo waren die Polizisten?
Hier, und an jedem unsicheren Ort;
In deinem Herz
Voll bitterer Mitrailleusen.

Wie alles Lebendige sich entgegenstemmt
Der alten Nachricht, und die Zeitung winselt.
WENN DER FILM ENDET FALLEN DIE SCHÜSSE
In der Tunnelgatan. Das ist die Gewohnheit.
Wenn schon die Arbeit Mord ist

Und die Eingreiftruppen, die stehenden Heere?
Zwischen uns standen sie wie eine Wand
Und exekutierten die Lust.

Die vielfältige Erde, Hunger und Salz
Witwen und Regengüsse, nicht erfaßbar
Von den Schablonen der Macht.

Nur die Raketen rotten sich müde zusammen.

Denn irrlos gehn, geradeblickend die

In ernster Geschichte; die Falten
Um den Mund ein Lächeln lügend

Wo mein Vaterland ist, dort muß es gut gehn.

Der Stoff zum Leben
Er hatte ihn
Dunkel, präzis und unermeßlich
Und die Kugel fand ihn
Zwischen den Schulterblättern
Und hinterließ ein winziges Loch.

IN VIERZEHN JAHREN, sagt der Große Bruder
KANN DIE ERDE FREI SEIN VON DEN MASSEN
Ich zitiere bedächtig
Dawai dalsche! VERNICHTUNGSWAFFEN

MATERIAL XI: DIE INTERNATIONALE

Verdammte dieser Erde in der Brühe, im Dunst
Ihr verratenen Robben, du bedrängter Strauch

        ich mit Arbeitsschutzschuhen
        mit einem Aschekratzer
        mit schwarzem Speichel

Erniedrigte, beladene Auen
Ihr grauen Eichen, mit allem vertraut
Und wahnwitzigen Wiesen
                        mit euren wilden Interessen

(unter der Maske fühle ich ein Leben, nicht meins, ich fühle es keuchend, radebrechend, deutlich, grinsend)

Das uralte Wissen der Erze
Verbündet mit allen Schichten
Und der Inseln glückliches Argument

        ein Leiharbeiter, Kanake der Subfirma
        Fein- und Grobstaub Giftschlamm
        stinkende und faulende Öle Fette Filter
          hinter Tor 20 bei Thyssen

Und das sich wütend waschende Meer
Das ganze *unsichere Element*
Das umkippt, wie wir zynisch sagen
Die Strünke,
              an denen der Mensch sich hält:

(ich bin es nicht wirklich, und wirklich bin ich ein anderer, doch ich kann nicht anders, wie er)

Welche Mitgliedschaft entschlossener Landschaften
Und die jungen schon verdorbenen Flüsse
Welche neue Fraktion,
die die Debatte belebt

im Staubkanal, mit dem Preßluftgebläse
auf blutigen Knien,
ich sehe die Hand nicht vor Augen
Asche fressend Kadmium Blei
eine undefinierbare Mahlzeit

(ER IST WIE ENTRÜCKT, MIT ALTEM VERKLÄRTEM GESICHT, UND REDET UNZUSAMM HÄNG)

Die Abendröten ziehn furchtlos auf
Mit ihren Plakaten, die Luft, in jeglichem Zustand
Entsetzt, erstickt,
flieht flehend in unsere Lungen

eine Testperson, die Dauerkanüle im Hals
WIR MACHEN DAS HIER GANZ LOCKER
Atemnot Hitzegefühl, ich fühle, wie sich mein Blickfeld verkleinert
IN SELTENEN FÄLLEN LEBENSGEFÄHRLICHE ZUSTÄNDE

Bildschirme schwarz. Blut aus dem Kühlschrank. Drei nackte Frauen: Marx Lenin Mao. Sprechen jeder für sich ES GILT, ALLE VERHÄLTNISSE UMZUWERFEN, IN DENEN DER MENSCH

Die Kampfgenossen all, die wachsenden Wüsten
Wie sie unsern stolzen Plan verändern
Mit ihrer verzweifelten Strategie
Und uns bestürzen
mit Regengüssen

Und der versunkene Mensch
Gerührt von den vernünftigen Walen

in meiner Rüstung aus Schlamm und Zorn

Erhebt sich zu seinesgleichen,
zu den winzigen Wurzeln

im Regenwald in der Dieselstraße /
unter der Not-Brause im glimmenden Frack

Und unser verrotteter Bund
Solange erniedrigt
Von Einsamkeit auf der Erde
Fühlt
das elementare Verlangen.

MATERIAL XII: DIE GEWISSHEIT

BENJAMIN IN DEN PYRENÄEN

Ruhig schreiten in die Nebelwand.
Die Arme rudern eckig, aber gleichmäßig.
Exakt nach dem Papier über dem Abgrund.
In der Aktentasche Ekrasit, d.i.
Die Gegenwart

Schritt vor Schritt, wie der Zufall
Dem Fuße einen schmalen Stützpunkt bietet
Im Material. Gnädige Frau, Nichtgehn
Wäre das eigentliche Risiko.
Nach der Uhr / nach fünf Zeilen rastend.

Felder, auf denen nur der Wahnsinn wuchert.
Vordringen mit der Axt im Kopf
Ich habe nichts zu sagen. Nur zu zeigen.
Im kleinsten scharf umschnittenen Segment.
Ohne nach rechts und links zu sehen ins
Grauen

Nach der Methode werde ich es schaffen.
Der Weinberg rieselt, rutscht in die Senkrechte
Voll von fast reifen süßen dunklen Trauben.
Die Tasche ist das allerwichtigste! der Leib zwischen Rebstöcken
Schwer atmend, das Herz

Kämpft, der kritische Augenblick:
Wenn der Status quo zu dauern droht.
Skelette unter über mir Aasgeier.
Kürzere Schritte, längere Pausen.

Meine Geduld macht mich unüberwindlich.
Die Segel der Begriffe setzen. Gnädigste
Darf ich mich bedienen? Auf dem Gipfel
Plötzlich wie erwartet die Gewalt

Des Ausblicks. Tiefblaue Meere:
Auf einmal seh ich zwei. Zinnoberküsten.
Unter den Klippen Freiheit

...

Kein Durchlaß in Port Bou. Wir Apatriden
Haben aber die tödliche Dosis
Würden Sie die Tasche halten, bei uns.

Er dachte vermutlich, den Aufstieg nicht noch einmal zu schaffen. Am Morgen fanden die Grenzbeamten den Leichnam in meinem Text. Die Konstruktion setzt Destruktion voraus. Die schwere Ledertasche, gerettet vor dem Zugriff der Gestapo, UNOS PAPELAS MAS DE CONTENIDO DESCONOCIDO, ging verloren. Zu rasch der Schlußstrich, Herr, in Ihr Leben. Das Leben trägt das Werk, wenn ich das sagen darf, an diesem Steilhang.
In jedem Werk gibt es die Stelle, an der es uns kühl anweht wie die kommende Frühe

DIE DUNKLEN ORTE

Im schattenlosen Wald, der trauernd steht
Am hundekahlen Kamm des Erzgebirgs
Geh ich umher, in der Dämmerung
Oder ists Rauch AUS BÖHMENS HAIN UND FLUR
Den sie nicht fassen an der Grenze, grau
Der Rasen deckt das Riesenhaupt
In dem es grübelt hunderte Jahre
In hohlen Schächten, wo sie wohnen *wie*
Im Orkus, und viel arbeiten die Wilden
Mit gewaltigem Arm
                                        Bei Altenberg
Die Binge starrend, Eingeweide
Seit das Erdreich einbrach unter Tage
Über Nacht, in dem die Arbeit pocht
Menschlichfreudig noch, wie sonst

Das ist der Berg. Und was ist nun die Predigt.
Die Stimme spricht: Kehr um. – Voran! voran
Im Dunkelen wo die Gefahr wächst
Die dritte aus dem Busche: BAHNE FREI
Schlittern die Kindlein auf der Teufelsbahn

Ich dachte stets, es würde erst beginnen.
Jetzt hab ich meine Tage abgerissen
Und saurer Regen rennt mir aus der Stirne
Kaum atmen mehr, nur reden das
In meinem dunklen Kopf / mein Tschernobyl
Wo auch das Kind im Mann ergraut
Und nicht verspricht die Erde noch zu dauern

Die Freiheit nun, so ungebunden stehn

Die Stimmen schrein. Im Hochwald hängt Herr Koch
In unästhetischem Zustand
DAS TAGWERK IST VOLLBRACHT.
S IS FEIERAHMD. GANZ SACHTE SCHLEICHT DE NACHT.

ANDERE GEGEND AUF DER HEIDE

Höre, Freund, du tätest gut daran, meine Montur zu nehmen. Dann wärst du ein freier Mensch. Und hieltest inne in deiner schädlichen Übung. Arbeitslos wie eine Eiche im Winter. Lieber arm dran als Bein ab. Ich werde mein Frühstück von der Müllkippe beziehn. Sauerampfer. Wir steigen aus den Betten / Sind wir denn noch zu retten. Ich bin der ÜBERSCHÜSSIGE MENSCH. Mein living room der Autofriedhof. HERE I STAND AND MEDITATE: SHALL I PISS OR MASTURBATE. Und da ging das Licht an, und wir saßen im Dunkeln. Ich reiße die Bierdosen auf vor dem Bildschirm, ausgezählt / Von den Computern das Freiwild / Der Werbung im Tosen / Der Konsumschlacht. Halali. Oder willst du auf dem Strich gehn wie meine Töchter, denen ich mein Reich vermacht habe. Die Gnade der späten Geburt ist eine schimmlige Mitgift. Es gibt Stämme, wo es eine Verfluchung ist, der Chef zu sein. Lieber schizophren als ganz allein. Denn noch nie gab es eine hübsche Zeit, die nicht Gesichter in die Lachen schnitt. *This is a brave night to cool a communist*. Eh ich das Staatstheater verlasse:
Wenn die Arbeit knapp wird
Wenn die Flüsse aufgemauert werden in den Wiesen
Wenn es Frühling wird im Staat
Wenn wir uns mit dem Wald versöhnen
Wenn wir nicht mehr wie das Eisen dulden
Wenn wir hinabgehn in die Scham
Wenn wir nicht mehr wie das Eisen morden und dulden
Wenn wir die Angst ausspein, den Rotz des Verrats
Wenn der Aufstand begonnen hat
dann werden die Frauen auftauchen am gelben Horizont mit ihrem schwarzen Antlitz. Sie werden verrückt sein im Kopf

und unsern Kompaß vergraben und in die Uhren spucken. MORGEN IST IMMER HEUTE. Das wird die Zeit sein, daß man auf den Füßen geht. Diese Prophezeiung mache ich zu meiner Zeit.

WALPURGISNACHT

Tief in der Nacht, die umtreibt Mensch und Tier
Und mündet morgens in den Mai
Trank ich im Ecklokal mein kaltes Bier.
Dumpf defilierten Panzer vorbei.
Ich sang schon vor mich hin zum Zeitvertreib
DER ERSTE MAI MACHT ALLE MENSCHEN FREI.
Da trat vor meinen Blick ein junges Weib.
Ich war an einen heißen Strand versetzt.
Sie stand auf einer Klippe, weiß der Leib
Ein wenig mager, und voll Ruhe jetzt
Strich sie das Öl – und sah umher –
Auf ihre langen Arme. Abgehetzt
Fuhr ich den schlanken Fingern hinterher
Über den Nacken, und mein Hals war trocken
Und ihren Hals, die Brüste schlaff und schwer
Sie bückte sich, da hingen sie wie Glocken
(Ich hörte ihren dumpfen Klang im Raum)
Und striff mit beiden Händen durch die Locken
Des Schoßes – ich trank des Meers Schaum
Aus meinem Glas, und sie aus großer Ferne
Sah mich an, als sähe sie mich kaum:
Und nun begann sie die externe
Region ihres Gesäßes sacht zu kneten.
Diese Minute gönnte ich mir gerne.
Ich fühlte mich auf stille Weise beten.
Sie hatte aber reglos dagesessen
Nur daß sie jetzt den Mund verzog zum Reden:
Komm her, vergiß. Sprach sie mit mir? und wessen
Fuß stieß unterm Tisch mit spitzem Schuh?

Laß alles fallen. Was hast du besessen?
Du Vielgeliebter, liebe doch auch du.
Ich hörte noch die Panzer dröhnen.
Sie schloß den Mund mit feinem Grinsen zu.
Ich konnte mich der Stimme nicht entwöhnen
Und starrte auf den Lippenspalt
Der sie begrub mit einem leisen Stöhnen.
Ich war gemeint. Ich wußte es jetzt kalt.
Da glitt sie durch die Absperrseile
Den Weg zu kürzen, den die Staatsgewalt
Uns längte, und wir hatten plötzlich Eile
Als gälte es, einander einzuholen
Und anzukommen auf derselben Zeile.
Und diese ists, wir standen wie befohlen
Von einer Stimme, die in beiden sprach
Still, mit brennenden Sohlen.
Nach und nach
Lösten sich unsre Zungen aus der Klammer.
Ich sagte unverständlich: Welche Schmach
Begehrn, die man nicht liebt ... was für ein Hammer
Während die Hände ineinanderfanden
Zudringlicher und mitteilsamer.
Es war ein Hauseingang, in dem wir standen
Das Licht ging an, wir hielten uns entblößt
Und unverhohlen grüßten die Passanten.
Ich hatte mich verzagt von ihr gelöst
Und sah nun meine Finger blutgekleidet.
In welchem roten Meer war ich geflößt.
Sie sprach: *So sieht der aus, der Hexen reitet.*
Weißt du nicht, welche Nacht wir uns erkoren?
Es kann sich retten, wer die Liebe meidet.
Und wieder waren wir im Kuß verloren.

Und zogen hastig uns hinan die Stiegen;
Im Zimmer hauchte ich: Die Wand hat Ohren.
Sie sagte laut: *Ich will nur auf dir liegen.*
Ins Bette mußt ich wieder aufwärtsklimmen
Verwundert noch: Wie sich die Sprossen biegen!
Dann fühlt ich sie auf meiner Mitte schwimmen
Während die hohe Schlafstatt sich bewegte
Nur fern am Ufer riefen kleine Stimmen.
Sie hörte nichts, solang der Sturm sich regte
Und schien stumm einem Ziele zuzujagen
Indes gleich unter mir ein Kindlein quäkte
In Angst, die Bretter könnten es erschlagen.
Ich lag steif, damit es nicht geschähe
Da meldete ein zweites sich mit Fragen
Nach unsrer Tätigkeit in seiner Nähe.
Ich bäumte mich erschreckt im Kahn
Doch jubelnd schluchzte sie nun, eine zähe
Sekunde, so daß mir das Blut gerann.
Die Panzer rollten durchs Gelände.
Und atemlos lag an der Wand ihr Mann.
Ich hielt entsetzlich zärtlich ihre Hände.
Wie kannst du wagen, dich so aufzuführen?
Sie lächelte. *Die Nacht ist bald zuende*
Es mußte sein. Ich mußte dich berühren.
Und wenn ich etwas will, komm ich zu Stuhle.
Du tötest deinen Mann mit solchen Schwüren.
Er liegt mit einer andern auf dem Pfuhle.
Du weißt es? *Nein. Doch ists ihm zuzutrauen.*
Und er tut recht. Er ist aus meiner Schule.
Wer bist du, fragte ich mit Grauen.
Ich bin das Leben. Und du kannst es lassen.
Es war die schönste schrecklichste der Frauen

Jetzt liebte ich sie und mußte sie hassen.
Ich kroch herunter von dem Doppeldeck
Und zog mich an. Da sah ich sie erblassen.
Wenn du jetzt gehst, dann hab ich keinen Zweck.
Du hast die Deinen, rief ich, ich desgleichen.
Und zeigte auf die Kleinen in dem Dreck.
Ich glaube nicht, daß sich die Bilder gleichen.
Da sah ich das erstorbene Quartier.
Und dumpf die Glocken ... Sie ging über Leichen
Und Hand in Hand ich Zögernder mit ihr.
Der Morgen nahte sacht auf nassen Wiesen.
Sie graste munter wie ein Tier.
Laß ich sie los? ich konnt mich nicht entschließen.
Sie ritt auf einem schweren Panzer dann.
Ich wußte meine Tränen fließen.
Der Feiertag des Volks brach dröhnend an.

MATERIAL XIII: RÜCKKEHR DER VERBANNTEN

Ein Vermummter auf dem Jungfernstieg
Arbeitslos, Klopstock der Bombenleger
Die Fahne vor dem Munde Atemluft
Kaltes Europa
                    auf dem Gänsemarkt
LESSINGS SCHLAF TRAUM SCHREI
Aus dem Megaphon der Polizei:

Angesagt, von Blütenblättern
Steigen die Narren aus den Autowracks
Und treten die Erde wieder
Und die Hexen, im Supermarkt
Greifen den starren Kunden ins Gesicht

Die Ausgegrenzten aus den toten
Werften werfen sich in die Brust
Vom Fischmarkt riecht die Liebe
Wie eine wahnsinnige Wiese:

Und die namenlose Lust
Trommelt an die Kanaldeckel, der Raps
Blüht auf im Asphalt

Du grüner Wald, mein Groenewold

Und sie steigt heraus
Die Unterdrückte
Aus den rostigen Fleets

(Wer sind die tausendmal tausend, wer die Myriaden alle
Welche den Tropfen bewohnen? und wer bin ich?
Halelu-)
haha

Gehts in den Osten, Wolf? Kommt ihr zurück?
In die Rieselfelder mit Musik!

Wohin, um alle Welt? In die glaubliche
Zeitung von morgen
DEMNÄCHST IN DIESEM THEATER
Ein Langneese-Eis –

Und sie tanzt wie nie
Auf der Mülldeponie

Trotzki kommt aus dem Exil / Blut rinnt / aus dem Kopfverband / *Tapetenwechsel* / und der Eiserne Hintern / durchsichtig / hebt sich vom Stuhl

Um alle Welt, aus dem feigen Plüsch.

Hinter der Grenze eine wildfremde
Frau, »einmal wollte ichs tun!«
Umarmt mich, und zieht mich aus
Der Rüstung

Der Frühling bricht durchs schäumende Gebüsch.

DER WEISE MANN IM OSTEN

Vorn an der Rampe liegen wüst die Schuhe.
Nathan, des Sultans Messer an der Kehle
Fährt zitternd fort. Ich weiß kein Märchen mehr.
Dir mag die beste gelten deine Welt
Du irrst wie ich, und Ost und Westen irren
(Ein Rauchgeruch. Die Klinge gräbt sich ein)
Aus einem Grund, aus nur dem einen Grund:
Weil jeder nur die seine glaubt im Recht
Und sieht nicht rechts und links, im Recht zu leben.
Das Andere zerstören in der Angst!
Daß es dich widerlegt, und die Zerstörung
Erbaut dich felsenfest, TOD DEN VERRÄTERN.
(Der Salon ist hell und ramponiert
Biergartenstühle, umgestürzt die Büste
Des Diktators. Kalt grinsend zeigt
Der Patriarch sich rechts in der Gasse.)
Die wahre Weltanschauung ging verloren.
Sagte ich *eifern*? Jeder seiner Liebe
Nach, höher schneller weiter. Aber der Eifer
Auf deiner Erde trübt den Himmel aller.
Dein Messer, Bruder, ist mein eignes Werkzeug
Und der dort grinsend naht, trägt meine Fresse.
Die Welt ist ein Dorf, der allgemeine Dunghaufen.
Chemie und Ideologie. (Der Patriarch
Steckt einen Christbaum in den Stacheldraht
Tut nichts, die Menschheit wird verbrannt. Die Vögel
Jagen irr im Tiefflug durch das Schauhaus.)
Einseitig immer bricht der Fortschritt auf.
Es rüste jeder seine Seite ab.
Nathan, blutend, meint, er hat sein Stichwort.

AUS DEM DOGMATISCHEN SCHLUMMER GEWECKT

Hast du die Nacht genutzt? – Ich übte mich
In der Erwartung. – Wessen? – Kennst du auch
Den süßen Schmerz: die Unbekannte lieben? –
Die unbekannte Tat? – Wie? – Wovon sprichst du? –
Die Adern sprangen fast in meinem Fleisch.
Wie bin ichs müd, den Markusplatz zu queren. –
Du träumst, nicht wahr, du träumst mit Konsequenz. –
Und auf den Straßen weht die Transparenz.

Eine Pinie ragt aus dem Rollfeld, das sich einsam in den Acker streckt, aufrechtes Relikt einer bewaldeten Zeit, wie hätte sie Fuß fassen können im Beton, der sie nun festhält in der Gegend, der Wipfel zerspellt im teigigen Licht, störrischer Schopf, der die Gegebenheiten nicht wahrhaben will, vom dunklen Rand der Piste sickert ein rötliches Rinnsal unter die Schleusendeckel, Blut natürlich, der massigen Tiere, die im Acker abgestochen werden, ihr dumpfes Brüllen ununterscheidbar vom Fluglärm, oder ist es das Geheul von einem Kriegsschauplatz, der etwas abseits liegt im Orient, die Lautsprecher vereiteln eine genaue Wahrnehmung, auch dröhnt Musik in die Szene, die SCHLAGER DER WOCHE, der MANN DER NEBEN DER STARTBAHN WOHNT, FÜR DIE ER DEN BETON BEREITET, verharrt auf die Schaufel gestützt und starrt in seine Behausung, aus der der Lärm zu dringen scheint, macht er eine Fünfzehn, ist er eingeschlafen oder einfach arbeitslos und steht, sein eigenes Denkmal, Erinnerung großer Zeiten, an dem gewohnten Arbeitsplatz, ER HAT SCHWIELEN AM KINN vom Schaufelstiel, aber ist keinem Flachs mehr zugänglich, um ihn her Spuren heroischer Tätigkeit, Halden, Schrotthaufen, die DURCHGEARBEITETE LANDSCHAFT, die HAT ES HINTER SICH, er starrt, mit seinen verwilderten Augen, auf das Bett, aus dem er sich erhoben hat zu seiner Übung, was treibt ihn an, steckt eine Frau dahinter, der er die Welt tapeziert, die Person, die jetzt aus der Tür tritt, so daß die Handlung beginnen könnte, falls sie nicht schon geendet hat, sie muß eine SCHÖNHEIT sein, wenn man seinem Blick glauben darf, den er jetzt senkt, SCHÖN ihre Arme und Brüste, ihre Gedanken, die die seinen gierig zärtlich umarmen, die sich auf seine werfen und ihn stürzen machen mit ihr auf den kalten Estrich, VON DER SCHÖNHEIT ÜBERWÄLTIGT, die er nun überall sieht, wohin seine Augen greifen, seine geräumige Haut, Gewohnheit, die er beibehält: sich auf sie zu werfen, wo er die Schönheit trifft, die SCHÖNERE WELT, während sie ihn mustert mit mitleidigem Lächeln, das Kinn wie eine Hiebwaffe erhoben, den Rock herausfordernd hochgerafft, die Hand fährt über die Schamlippen, wie schnell sich der Körper erinnert, er weiß die Lust im Schlaf, aber sie wacht, wacht über dem Rest des Mannes, der ihr zugewiesen wurde vom Wohnungsamt, DEIN IST MEIN GANZES HERZ, mein Lieber, warum ist er ihr untreu geworden, warum hat er das Startloch verraten an die tägliche Rennbahn, CHEMIE BRINGT BROT WOHLSTAND SCHÖNHEIT, ihre Eifersucht verfolgt ihn wie sein Schatten, den er in der Hitze des Tages unter den Füßen hält, am Abend aber kniet das vor ihm trauerfarben, Negerin, die ihn rasend macht, HÖR MAL, OB DEIN HERZ NOCH SCHLÄGT, und er schreitet über sie weg an sein wahnwitziges Werk, stampft sie ins Planum mit der Preßluftramme, harte Arbeit der Männer in der freien Natur, die panisch aufblüht, ZUVIELISATION! MÖRDER!, Wahnsinn zu dem er verurteilt ist, und die Musik, Zymbeln und Pfeifen, der entsetzliche Lärm rührt von dem Tanz, mit dem die Frauen, rasend wie er, die Länder durchziehn, CORDULA, I HA DI LIEB! NATALIE, und vom Gurgeln der Schlachthöfe, die den Schauplatz hermetisch umschließen, und der Gestrafte, auffahrend aus seiner antikischen Haltung, sticht das Blatt der Schaufel in sein nutzloses Geschlecht, die Hoden glitschen blutig auf den Zementsack, er kippt ein Grinsen im weißen Gesicht in endlosem Fall vornüber, den Flug seines Lebens memorierend bis an den schimmernden Anfang, Geburt und Tod die eine Sekunde des Schmerzes der Freiheit, die Umkehr im Urschleim, das Erstarren in der weißen Erkenntnis, und fällt wie ein Stein in den Schatten der Pinie, die verdorrt ist im Flutlicht, der vermischt ist mit dem Schatten der Frau, selber er jetzt ein Schatten, und sein Samen mischt sich mit den Atomen des Staubs, verzweifelte Hochzeit, Materie die lieben lernt im Winter, auferstehendes Mehl, Sprengsatz der Strukturen, Stoff für den Hunger der Welt, der in die Türen tritt, ein Kinderleib.

TIANANMEN

Mein Platz ist ein Gemeinplatz
Er faßt Hunderttausend Worte NICHTS
Als Worte Auf dem nackten
Plattgedachten Boden in der Weltmitte
Sitze ich in der wartenden Menge
Und buchstabiere meinen Hunger
Mein Hunger meine Hoffnung
Eine ausgelutschte Losung
Ein roter Fetzen klettert
Auf Halbmast in der Investruine
Ich hungere vorsätzlich
Meine Hoffnung die Folterbank
NEHMEN SIE PLATZ SIE WERDEN GLEICH BEDIENT
Ein Platzregen aus der Gulaschkanone
Ich bin im Hungerstreik, UM MEINER HOFFNUNG
AUSDRUCK ZU VERL Es
Ist der größte Platz der Welt
Aber das Militär im Kopf
Ist zahlreich genug ihn zu umstellen
Wie bin ich hergelangt
Aus dem dunklen Wald in diese Lichtung Traumtanz
Eines rettungslos Verliebten Ohne Paß
Über die Grenze ins NICHTS als
Worte Niemandsland wo keiner
Wie gesagt wo Hunger herrscht
Die vom Fleisch gefallne Zukunft
Säuft den Samen aus meinen Gedanken
Bin ich Niemand im Stacheldraht Meine
Geliebte geht mit nackten Brüsten

Und plaudert ihren Namen verzweifelte
Blicke im Schlepp SOLL ICH SIE ANBINDEN
DAS STÜCK SIE GEHÖRT ALLEN
Schreit Niemand aus der sengenden Sonne
Es sind Seile um das Karree gespannt
Damit uns die Büttel nicht wegtragen können
Die Hoffnung kein Halt
Trägheit die Rettung
DIE MASSE MACHTS
Der Boden Satz auf dem Sand Papier
Der Zeiten Oder der Schuttplatz
Unsrer Erfolge
Dreck Scherben die Lachen Urin
Wo der Fortschritt ansteht in der Schlange
Hinter dem Aufstand im Handstand
Die Landschaft der Abtritt der Klasse
Der Beton wächst ins schlammige Feld
Manhattan waagrecht Chinesisch rückwärts
PERSIL BLEIBT PERSIL /
DER SOZIALISMUS SIEGT In der Nachtschicht
Die Gespenster Auszeit im Abraum
Von den leeren Tischen
Erheben sich die offenen Fragen
Meine Zweifel sitzen im Panzerwagen
Und kreisen in meinem Fleisch Meine Angst
Hängt mich auf am Brückengeländer
JETZT BIST DU DRAN
Das Gehirn auf das Pflaster geschlagen
Lirum larum WER VIEL FRAGT
Bekommt viele Antworten
Die Gemetzel in der Brust Gestank
Der Freiheit Der Unrat des Volks

DER BESTIE die Zähne gezogen
Mein erbrochener Text in einem Steinbruch
In dem die Schüsse fallen
Meine leblose Geliebte
An meine Brust geheftet LINKS WO DAS HERZ
Mein Platz ist ein blutiger Witz
In Peking gerissen
Von einem alten Idioten der ICH heißt
Ich fahre in die zerspritzende Menge
Rasender Zeitvertreib
Und die Einsamkeit überrollt mich

DU WILLST ES WISSEN zerschlagener Leib.

Anmerkungen

»Der Stoff zum Leben 1« wurde dem Gedichtband *Training des aufrechten Gangs* (Mitteldeutscher Verlag, Halle, DDR, 1977; vgl. *Gedichte*, suhrkamp taschenbuch 499), »Der Stoff zum Leben 2« dem Gedichtband *Langsam knirschender Morgen* (Mitteldeutscher Verlag, Halle, DDR, 1987; auch Suhrkamp Verlag 1987) entnommen.

Der Stoff zum Leben 1

Das Motto lautet deutsch (von Curtius): »Am Ufer saß ich / Fischte, die öde Ebne im Rücken. / Werd ich denn wenigstens mein Land ordnen?« Der Zyklus entstand im Sommer 1975 (*Guevara* 1974).

WIE HERRLICH LEUCHTET MIR DIE NATUR

Ein wüster Garten hier / der auf in Samen schießt: aus Shakespeares *Hamlet*, I/2. *Wie herrlich leuchtet / Mir die Natur! / Wie glänzt:* aus Goethes *Mailied*, 1771. *Geh aus, mein Herz, und suche Freud / In dieser schönen Sommerszeit / An deines Gottes Gaben:* aus Gerhardts *Sommergesang*, 1656.

BRENNENDE FRAGEN

Le Train Bleu Marseille-St-Charles ab 23^{30}, Paris Gare de Lyon an 8^{24}. *Ich lauf vom Nordpol / Zum Südpol zu Fuß / Für einen Kuß:* DDR-Schlager der siebziger Jahre (Frank Schöbel). *Du bist blaß, Luise? – Es ist nichts. Du bist ja da. Es ist vorüber:* aus Schillers *Kabale und Liebe*, I/4. *Willst du mir ein Glas Limonade zurecht machen:* ebenda V/2. *Die Limonade ist matt wie deine Seele* und folgendes: ebenda, V/7. *Brennende Fragen unsrer Bewegung:* Aufsatz Lenins vom November 1912.

DIE GUMMIKNETERANLAGE

Die Rede ist vom Kabelwerk Oberspree. Nach einem Zeitungsbericht.

GUEVARA

Die Völker schweigen ...: Hölderlins Entwurf, vermutlich Ende 1798, beschreibt Werner Kirchner als einzigartige »verherrlichende Deutung des Revolutionskrieges« der napoleonischen Truppen (*Hölderlin. Aufsätze zu seiner Homburger Zeit*, 1967). *Ich lasse meine reinste Hoffnung hier; Ich kann das tun, was euch* (Dir) *verwehrt ist; Der Tod eine wirkliche Möglichkeit:* aus dem Abschiedsbrief Guevaras an Castro, Mai 1965. Castro verlas ihn im Oktober selben Jahres. *Damit der Mensch noch lebt muß man ihn töten:* vgl. Jean Marcillys Interview mit Guevara (*Der Spiegel* 35/1968). *Handfläche Land; Die Kraft ist nämlich der Guerilla das Volk:* vgl. Guevaras Artikel *Was ist ein »Guerrillero« (Revolución,* 19. Februar 1959). *Etwas Neues suchen; Den Sozialismus mit den morschen Waffen baun* (die der Kapitalismus liegengelassen hat): aus Guevaras berühmtem Traktat *Der Sozialismus und der Mensch in Cuba (Marcha,* Montevideo, 12. März 1965). *Barrientos* Ortuño, René, 1964–1969 Präsident der Regierung Boliviens. *Sie werden nun erleben* (sehen), *wie man* (ein Mann) *stirbt:* Guevaras letzter Satz stammt, nach Rafael Gutiérrez Girardot, aus der Topik der lateinamerikanischen Befreiungsgeschichte.

Der Stoff zum Leben 2

Entstanden 1980-1986.

BURGHAMMER

Tagebau in der Niederlausitz, in dem ich mich Ende der fünfziger Jahre festhielt; 1982, als das Gedicht entstand, war er längst ausgekohlt. *Albert:* A. Wach, Urbild des Kippers Paul Bauch. *Aber zu tun bleibt mehr* u.f.: aus Ovids *Metamorphosen* V. *Wer kennt sich selbst* u.f.: aus Goethes Gedicht *Ilmenau* (1783).

DIE MUMMELFÄLLE

Mumlava vodopad im Riesengebirge. Das Gedicht könnte auch Der Mummelsee heißen; Rübezahl wäre dann ein baden-württembergischer Grüner.

DER FRIEDEN

Langsam wandelt die schwarze Wolke u.f.: aus Klopstocks Ode *Die Frühlingsfeyer* (1759). »Und es kann soweit kommen, daß die Entscheidungen völlig Rechnern und Robotern übertragen werden müssen. Und damit macht man die menschliche Zivilisation zu einer Geisel von Maschinen.« Gorbatschow. Sein Vorschlag, bis zum Jahr 2000 alle Atomwaffen zu vernichten, ist der fantastische Gegentext.

DAS GEBREMSTE LEBEN

Ecke Schönhauser: Straßenkreuzung einer Haupt- und Ausfallstraße von Berlin-Mitte nach Norden. *Meteln:* Dorf in Mecklenburg. *Rudi:* R. Bahro, alternativer Denker.

LESSINGS TOD

Und warum nicht ein andermal: fragt Lessing allen Ernstes in seinem Aufsatz *Die Erziehung des Menschengeschlechts* § 97 (herausgegeben 1780).

DRESDEN ALS LANDSCHAFT

Sanft wie Tiere gehen die Berge neben dem Fluß: einziger noch geltender Vers aus Czechowskis Gedicht *An der Elbe* (1957). *Rudolph:* Wilhelm R., Holzschneider, Zeichner und Maler in Dresden. Das Gedicht entlehnt seinen wirschen Ton. Vgl. SINN UND FORM 5/81, *Der alte Wilhelm Rudolph* von Horst Drescher. *Das gekrümmte Schranzen-Volk:* sagt Jean Paul 1798. *Das liebe Dresden:* sagt Heinz Knobloch 1974.

DAS INNERSTE AFRIKA

Dahin! Dahin! u.f.: aus Goethes Gedicht *Mignon* (1783). *En quelque soir, par exemple, le touriste naïf* und *Non! wir werden den Sommer nicht mehr in diesem geizigen Land verbringen, wo wir immer nur einander versprochene Waisen sind:* aus Rimbauds *Illuminations (Soir historique / Ouvriers;* etwa 1873). *Komm! ins Offene, Freund!* und *Denn nicht Mächtiges ists, zum Leben aber gehört es / Was wir wollen:* aus Hölderlins unvollendeter Elegie *Der Gang aufs Land. An Landauer* (1800).

Der Stoff zum Leben 3

Das Motto lautet deutsch (von Arendt): »Hinfort frage ich nicht nach dem Glück, ich selbst bin das Glück, / Hinfort wimmere ich nicht mehr, schiebe nichts auf, brauche nichts«. Der Zyklus entstand 1985-1989.

MANHATTAN

Laufe so durch die Gegend und andere Ermunterungen: aus *New York selbst entdecken*, Zürich / Cochabamba 1984. *Was siehst du, Walt Whitman* und was er hört steht in seinen Gesängen *Salut ou monde* (1856), *Auf der Brooklyn-Fähre* (1856), *Gesang von mir selbst* (1855), *Eine Stunde rasender Lust* (1860). Pounds Verse aus dem (Pisaner) *Canto LXXIV* (1945).

PALME

Wozu diese ganzen Länder? fragt Neruda in *Es gibt kein Vergessen* 1935 (*Aufenthalt auf Erden*, 2, in Enzensbergers Übersetzung). *Denn irrlos gehn, geradeblickend die*: aus Hölderlins Hymne *Der Rhein* (1801).

DIE INTERNATIONALE

Mehr Material findet sich in Günter Wallraffs Reportage *Ganz unten*, Köln 1985. *Bildschirme schwarz* u.f.: aus Müllers *Hamletmaschine*, 4.

BENJAMIN IN DEN PYRENÄEN

Die Bergbesteigung skizziert zugleich Benjamins Schaffensmethode. Vgl. sein *Passagen-Werk*, an dem er von 1927 bis zu seinem Tod 1940 schrieb, und Lisa Fittkos Erinnerungen *Mein Weg über die Pyrenäen*.

DIE DUNKLEN ORTE

Hölderlin sagt ausführlicher: »es wohnt, wie im Orkus / Ohne Göttliches unser Geschlecht. Ans eigene Treiben / Sind sie geschmiedet allein und sich in der tosenden Werkstatt / Höret jeglicher nur und viel arbeiten die Wilden / Mit gewaltigem Arm, rastlos, doch immer und immer / Unfruchtbar, wie die Furien, bleibt die Mühe der Armen.« (*Der Archipelagus*, 1800) So scheint es nicht. *Koch:* Hans K., Literaturwissenschaftler, starb 1987.

ANDERE GEGEND AUF DER HEIDE

This is a brave night: to cool a courtezan, heißt es in Shakespeares *King Lear*, III,2.

RÜCKKEHR DER VERBANNTEN

»Rückkehr des Verbrannten & der Verbannten in die Stadt« war das Motto der Klabauternacht am 4. April 1986 in Hamburg. *Groenewold:* Kurt G., Rechtsanwalt, Verteidiger im Baader-Meinhof-Prozeß. *Wer sind die tausendmal tausend* fragt Klopstock in der Ode *Die Frühlingsfeyer*.

DER WEISE MANN IM OSTEN

Die szenischen Anweisungen folgen Axel Richters Inszenierung des *Nathan* am Volkstheater Rostock 1987.

ANTIKENSAAL

Der *Mann, der neben der Startbahn wohnt:* eine Metapher Rudolf Bahros in seinem Vortrag *Wer kann die Apokalypse aufhalten?* (Stockholm 1982). *Hör mal, ob dein Herz noch schlägt:* Sprayschrift in der Spiegelgasse in Zürich. *Zuvielisation! Mörder!* und *Cordula, i ha di lieb! Natalie:* Sprayschriften in Basel.

TIANANMEN

Tian'anmen Guangschang, der Platz des Himmlischen Friedens in Beijing, wohl größter Platz der Erde, auf dem sich im April und Mai 1989 hunderttausende Demonstranten sammelten. Anfang Juni richtete hier die Volksbefreiungsarmee ein Blutbad an.

Nachwort

> Die Suche nach dem Stoff (zum Schreiben, zum Leben), um gegebenenfalls den Tod zu finden. Die Mechanismen des Zeitalters auseinanderschrauben, die Beziehungen zerfasern nach dem geheimen Blut der Geschichte. Gestorben für die öffentliche Ordnung, die Arbeit im Untergrund, im Gedicht.
> Volker Braun, Definition, in »Training des aufrechten Gangs«

Seinem ersten Gedichtband gab Volker Braun, er war damals fünfundzwanzig (1965), den Titel »Provokation für mich«. Das konnte man in vielfacher Weise deuten. Es war außerdem eine Überschrift in der Sklavensprache. Provokation nicht gegen, sondern für. Provokation auch nicht im Sinne von Rebellion, sondern eher im ursprünglichen Wortsinne zu verstehen als: Anstoß oder Antriebskraft. Für wen? Für den Schreiber solcher Texte.

Hier bereits findet sich die Formel, die nun im vorliegenden Band zu Titel-Ehren gekommen ist: »Der Stoff zum Leben«. Oder »Der Stoff zum leben«.

Was heißen soll, daß Brauns frühere Gedichtbände »Training des aufrechten Gangs« von 1979 und »Langsamer knirschender Morgen« von 1987 einbezogen wurden als Stoff zum Leben 1 und 2. Mit dem bestimmten Artikel: Der Stoff zum Leben.

Dafür spricht auch eine andere fortlaufende Numerierung einzelner Texte in allen drei Bänden. Jeweils gekennzeichnet als »Material«. Das Material I steht im ersten Textband und bedient sich – traurig-höhnisch – als Überschrift der ersten Vers-

zeile aus Goethes »Mailied«: »Wie herrlich leuchtet mir die Natur«. Material I bis IV gehören noch zum »Training des aufrechten Gangs«.
Der Gedichtband von 1987 gelangt bis zu Material IX: »Dresden als Landschaft«. Volker Braun stammt aus Dresden.
»Der Stoff zum Leben 3« gelangt über fünf weitere Materialien zum Schlußtext »Tiananmen«. Der Platz des himmlischen Friedens in Peking, und alles, was sich an Denken und Fühlen mit ihm verbindet. Die letzte Zeile dieses umfangreichen lyrischen Textes lautet so:

DU WILLST ES WISSEN zerschlagener Leib.

Nun wird deutlich, was Volker Braun für sich versteht unter der Maxime »Der Stoff zum Leben«. Oder auch: Der Stoff zum leben.
Die »Definition« eines ersten Trainings des aufrechten Gangs hatte noch geschwankt zwischen den Formeln »Stoff zum Schreiben, zum Leben«. Inzwischen scheint es sich für den Lyriker geklärt zu haben: Leben ist Schreiben. Alle Materialien von I bis – vorerst – XIV, Landschaft und Dichtung, Taten wie Untaten, erfüllte Augenblicke und der Wutausbruch im Material VII (»Der Frieden«): alles Stoff zum Leben in der geformten Sprache des Gedichts. Hier wird alles zum Material. Zeilen großer Dichtung und große Gedanken eines unglücklichen Bewußtseins, Schrei und Gelächter, sound and fury.
Material VII, »Der Frieden« endet so:

VORWÄRTS UND NICHT VERGESSEN
BRÜDER
Die Solidität
DIE SOLIDARI
TÄTERÄTÄH

So zu lesen bereits im Stoff zum Leben 2 aus dem Jahre 1987.

Jeder Teil der vorerst dreifachen lyrischen Einheit »Der Stoff zum Leben« bekam von Braun ein Dichtermotto auf den Weg. Man wird – im Sinne von Baudelaire – vermutlich von »Leuchttürmen« zu sprechen haben. Den stalinistischen Besserwissern mußten, ganz abgesehen von Inhalt, Form und vor allem Funktion dieser Lyrik Volker Brauns, die Motti bereits und die Autoren solcher Leitsätze ein Greuel sein. Braun bekam es weidlich zu spüren.
T. S. Eliot leitet sie ein, die ersten Gedichte, die Lebensstoff als Stoff zum Leben provozieren durften. Eliot, man denke. Formalistischer Agent des Imperialismus. Aus Eliots großem Gedicht »The Waste Land«, worin unser heutiges Debakel bereits seit Jahrzehnten vorausgesagt wurde, zitiert Volker Braun ein paar Zeilen, die zur Frage an sich selbst führen:

Shall I at least set my lands in order?

So fragte Eliot im Jahre 1922, nach einem Ersten Weltkrieg. So lautet auch die sorgenvolle Frage seines deutschen Schülers: siebenundfünfzig Jahre später. Doch die Frage der Dichter reicht weit zurück auch hinter Thomas Stearns Eliot. Sie steht bereits als Schlußsatz bei Voltaire im »Candide«, der vom gesellschaftlichen Optimismus gehandelt hatte: »Aber man muß unseren Garten bestellen.«
Dem 2. Stoff zum Leben werden Versfetzen aus Hölderlins Entwurf zum Gedicht »Der Gang aufs Land« vorangestellt. Gleichfalls nicht beruhigend für amtliche Ideologieverwalter. Braun kam es auf die Bruchstücke an, die da lauten:

»daß nicht zu Wasser die Freude/Werde ...« Und »Schöner freilich muß es werden ...«
Diesmal, beim dritten Stoff aus Leben und Dichten, spricht als erster der Amerikaner Walt Whitman, der Außenseiter als Sänger von Freiheit und wirklicher Solidarität: nicht einer amtlich verordneten.

> Henceforth I ask not good-fortune, I myself
> am good-fortune.
> Henceforth I whimper no more, postpone
> no more, need nothing.

Schluß mit der Sklavensprache. Galilei ohne Widerruf. Was nicht zufällig hierherpaßt, weil die Entschlüsse Whitmans fast wortgetreu wiederkehren in Brechts Exilgedichten. Helene Weigel wußte, warum sie den jungen Volker Braun, trotz amtlicher Mißbilligung, bereits 1965 ans Berliner Ensemble holte.

Der vorliegende lyrische Kosmos ist ein Kosmos im Wortsinne, da er Manhattan ebenso einbezieht wie Peking. Er ist auf einen Textmittelpunkt hin angeordnet: das Gedicht »Walpurgisnacht«. Wobei weniger an Goethe gedacht werden sollte, an die Nordische oder Klassische Walpurgisnacht, als an den 1. Mai.
Trotzdem: auch wieder ein Gedicht, das man goethisierend als »klassischer Form sich nähernd« verstehen könnte. Durchaus keine Formparodie, sondern ein Erzählgedicht in Reimen. Die Vision aber dieser banalen und alltagswiderlichen Walpurgisnacht ist entschieden antiklassisch. Hexensabbat, freilich, doch lustlos aus schlechtem Gewissen. Ein Traum, während draußen die Panzer auffahren zur Maipa-

rade. Bier und armselige Kopulation. Ist die Frau (oder Hexe) dieser Walpurgisnacht wirklich, wie sie behauptet, »das Leben«? Oder geht es insgeheim um das Selbstbefragen durch die Verszeile: »Du Vielgeliebter, liebe doch auch du.«

Abermals die Konfrontation mit den Themen, Landschaften und Zitaten der großen frühbürgerlichen Literatur deutscher Sprache. Goethe, Lessings Ringparabel, die »Frühlingsfeier« von Klopstock, worin der Planet Erde als »Tropfen am Eimer« benannt wird. Dichtung übrigens, die zurückführt nach Sachsen und nach Thüringen. Den Hang zur Konfrontation der eigenen Lyrik mit den großen Lichtbringern vergangener Dichtung teilt Volker Braun mit anderen Autoren von heute. Allein er meint immer zugleich und bewußt die gedichteten Lebensstoffe der eigenen Landschaft und Lebensform.

Das erste Training des aufrechten Gangs hatte sich noch, in höchst finsteren Zeiten, zum eigenen Ausdruckszwang bekannt: ohne Adressaten und Losungen.

Von Eliot zu Whitman. Das bedeutete: Rückkehr zur Verantwortung für die Folgen des eigenen Dichtens. Trotzdem nicht zu verstehen als Postulat oder Manifest. Der neue Schlüsselsatz findet sich vielleicht in dem Gedicht »Benjamin in den Pyrenäen«:

> Ich habe nichts zu sagen. Nur zu zeigen.

Die Zeile ist unterstrichen.

Als Volker Braun im Jahre 1960 an der Leipziger Universität die Philosophie zu studieren begann, hatte ein vom Kurier überbrachter Brief des Generalsekretärs längst dem Philosophen Ernst Bloch verboten, sein Institut für Philosophie an besagter Universität zu betreten. Allein der höllische Schwefeldunst des »Prinzips Hoffnung« ließ sich so bald nicht austreiben. »Der aufrechte Gang«: das war eine berühmt gewordene Formel Ernst Blochs. Verstanden als Anleitung, besonders für Sklaven unter einer Diktatur. In ähnlicher Weise vertonte der Musiker Hanns Eisler im Jahre 1949 bereits, aus Anlaß der amtlichen Goethe-Jubiläumsfeiern, bloß eine einzige Goethezeile. Die freilich als Chorwerk.

Steht nicht länger tiefgebeugt.

Das Training des aufrechten Gangs hat sich gelohnt. Es war eine Idee, welche die Massen ergreifen sollte.

Hans Mayer

INHALT

Bibliothek Suhrkamp

Alphabetisches Verzeichnis